L'ALBUM DE
CASSANDRE

JACQUES VAZEILLE

L'ALBUM DE CASSANDRE

roman

Édition : BoD – Books on Demand

12/14 rond-point des Champs-Élysées, 75008 Paris

Imprimé par Books on Demand GmbH, Norderstedt, Allemagne

ISBN : 978-2-3220-8937-6

Dépôt légal : janvier 2019

Douleur et plaisir
Sont nos sensations.
Souffrance et jouissance
Nous font exister.

Il y a chez elle,
Quelque chose,
Que je connais,
En moi.
Mais quoi ?

À Cassandre, à Samson, à toutes celles et tous ceux qui leur ressemblent. À leurs parents, à leurs proches qui assument l'impensable.

À Marie.

Ce Samson m'énerve. Il m'énerve vraiment.

Il raconte partout que, quand j'étais petite, j'ai dévoré ma maman et mon petit frère. D'abord, c'était il y a longtemps. Je ne me souviens pas bien. En plus je n'ai jamais eu de petit frère. Peut être, c'était ma sœur jumelle. Mes parents m'ont dit qu'elle n'a pas survécu. Survécu ? A quoi ? En tout cas, ils étaient très tristes. Heureusement j'étais là, moi, la survivante. Très vite, je suis devenue un beau bébé. Et je le suis restée. Enfin, c'est ce qu'ils disent. Moi, je ne me rends pas bien compte. Dans ma vie, j'ai vu pas mal de bébés. C'est petit. Ca braille ou ça dort, et ça ne sent pas bon.

Je ne sais pas pourquoi il dit ça. Pourtant, il me plait bien Samson. Dans le foyer, c'est le plus intéressant de tous. En un instant, il peut mettre les tables et les chaises de la salle à manger sens dessus dessous. On ne sait jamais quand ça va arriver. Toujours sans prévenir. C'est bien. Ca libère. Quand il est arrivé au foyer, il n'avait pas peur. Moi, j'ai peur tout le temps. Je n'arrive pas à savoir ce qui va se passer. Quand je suis dans ma chambre, il n'y a que mon lit et moi. C'est plus supportable. Je peux hurler tranquillement.

Maman ! Maman ! Là, je sais. Au bout d'un moment quelqu'un arrive. « Qu'est ce qu'il y a, Cassandre ? Tu casses les oreilles de tout le monde ». Le plus fort que je peux, Maman ! Maman ! Le quelqu'un insiste. Il élève la voix. On est deux à brailler. J'aime bien. Et le quelqu'un finit par se fatiguer. Pas moi. Le quelqu'un s'en va. Je n'ai encore rien dit. Pas besoin. Il finit toujours par s'en aller. Maman ! Maman ! J'essaie de chanter, mais personne ne m'a jamais appris. Dans le ventre, le calme revient... Quand je me réveille, je n'ai plus envie de crier. Alors, je fais pipi. Ca aussi, j'aime bien.

Au Château, on nous appelle les résidents. En plus des résidents, il y a toujours quelqu'un. Ils sont plusieurs, pas toujours les mêmes. Des garçons, des filles. Ils parlent beaucoup ensemble, même quand ils font quelque chose. Chaque fois qu'un quelqu'un me parle, il me veut quelque chose. Manger, se lever, faire caca ou pipi, sortir... Moi, je ne sais pas ce que je veux. Ou plutôt je veux qu'il se taise. C'est là que ça part. « Dégage ! » Si c'est trop près, je crache un coup. Quand il approche encore, j'attrape les couilles ou les seins. C'est selon. Je n'y arrive pas souvent. Il se méfie trop. Et c'est toujours la même chose. Il crie. Je préfère quand ça crie. Je n'aime pas quand ça parle.

N'empêche, un jour, ce Samson, je le tuerai.

Lyon, printemps 1995

Mais qu'est ce qu'elle fabrique ? Nous avions rendez vous à moins le quart, et il est bientôt sept heures et quart. Elle sait pourtant bien que le mercredi, c'est andouillette, et qu'il n'y en a pas pour tout le monde. Dans cinq minutes, le resto U nous servira des steacks hachés ultra cuits et dégueulasses. Ses cours terminaient à cinq heures. A tous les coups, elle est rentrée chez nous et elle s'est endormie. Bon, je prends la file et elle me rejoindra. Ou bien je la retrouverai à l'appartement. Elle en sera quitte pour absorber un kebab. Encore une chance que ce soir, je n'aille pas bosser au bar. Vivement que mon mémoire soit terminé, et après, la belle vie. Chercheur d'emploi ! J'aurai peut être une chance chez Vinci où j'ai fait mon stage. Ils m'ont mis une super note en tout cas. Ce serait pas mal. Franck Lebon, assistant au marketing immobilier. Une belle carte de visite... pour commencer.

Chouette ! Il reste des andouillettes. Et même des frites. Peut être qu'il y aura du rab. Ce resto U, c'est le plus pourri de la ville. Mais dans l'assiette, quand on connaît les habitudes, et si on n'est pas en retard, c'est de la gastronomie.

Bon Lydie ne viendra pas. C'est sûr, elle dort. Pour son mémoire, elle est encore plus charrette que moi. Bientôt on ne comptera plus les nuits blanches. Et le jogging au parc... tintin. Elle n'avait pas besoin aussi de choisir un sujet aussi compliqué, avec une bibliographie démente. En plus elle devra faire semblant d'avoir tout lu. Alors un petit somme, elle a bien le droit. Et puis, qui dort dîne.

L'andouillette, extra comme d'habitude. Mais le dessert, pas terrible. Je me suis rabattu sur une banane... farineuse. Bon, un petit café chez mes potes au bar, et à la maison.

Elle est là, recroquevillée dans le fauteuil.

« Lydie, qu'est ce qu'il y a ? Tu es malade ?

– Regarde. »

Je regarde, et je ne vois rien. Que son visage fermé et tendu.

« Regarde sur la table »

En effet, sur la table, il y a un truc. Une espèce de petit chevalet avec un miroir et un tube. Dans le tube, très distinctement, et reflété par le miroir un joli petit rond bleu...

Ca y est, j'atterris. « Tu es enceinte ? Merde alors ! »

Pendant une seconde, son regard me tue. Et elle fond en larmes.

« Mais ce n'est pas possible. Qu'est ce qu'on va faire ?

– ... »

Son silence finit de me tuer.

« ... ».

Dans ma tête, c'est tout blanc.

« Demain j'irai à la pharmacie et on refera le test. Tu as peut être fait une fausse manœuvre...

– Demain, j'irai chez le médecin. Je sais bien ce que je ressens, et ce n'est pas toi qui me diras si je suis enceinte ou pas. »

J'essaie de dire quelque chose, mais rien ne vient. C'est tout collé dans ma tête. Et j'ai l'impression qu'elle me déteste. Comme si c'était de ma faute. C'est vrai. J'y suis un peu pour quelque chose.

Quand nous avons décidé de vivre ensemble, la question d'un enfant ne se posait pas. Nous étions bien. Nous étions heureux. Dans la même école de commerce, dans la même promotion, avec les mêmes goûts, les mêmes envies. Elle en gestion, moi en marketing. Lydie est douce et belle. Très vite, je n'ai plus regardé qu'elle. En fait, c'est elle qui était à la manœuvre. Et quand elle l'a décidé, je suis tombé comme un fruit mûr... dans ses bras.

Le temps glissait tout seul. Aucune aspérité. Notre envie d'être ensemble effaçait tous les petits obstacles du quotidien. Après les cours, nous nous retrouvions. Quelques emplettes en traînant un peu. Et le soir, selon l'humeur ou la nécessité, ciné, bouquins, balade en ville ou travail, toujours tous les deux. Et toujours amour. Comme nous étions bien ! Et la foudre nous tombe dessus. Notre vie était un rêve. D'un seul coup elle est devenue La Vie. J'ai peur. Je suis en plomb.

Il a bien dit qu'il faudra faire un dosage hormonal pour vérifier, mais il ne m'a laissé aucun doute. Je suis enceinte. Enceinte de Franck. Franck Lebon, mon compagnon d'études, d'amour, de jeux, de vie. Au fond, il n'y a rien d'étonnant à tout ça. C'est juste qu'on pensait à autre chose. Les stages, le mémoire, nous surtout... Le vent est frais ce matin. Les arbres commencent à bourgeonner au soleil pâle de ce printemps débutant. Au fait, nous aussi on bourgeonne. Il devrait arriver fin octobre, début novembre. Et en septembre, je passerai les entretiens d'embauche, enceinte jusqu'aux yeux. Sûr que ça va aboutir. Quelle galère. Qu'est ce qu'ils ont tous à marcher si vite dans la rue ? S'ils ont un train à prendre, la gare, ce n'est pas par là. Je crois qu'un petit café me ferait du bien.

Il m'a bien plu, ce médecin. Discret, pas inquisiteur. « Et votre compagnon, il est au courant ? » Rien d'autre. Pas de « Qu'est ce que vous comptez faire ? ». Rien que les bonnes questions. Celles qui ont des réponses.

Encore un petit café. Ce n'est pas interdit dans mon état. Déjà, je ne fume pas. Je ne bois presque pas de vin... Arrête Lydie, tu commences à m'énerver. Tu n'es pas ma mère. D'abord, je fais comme j'ai envie. Et puis, je ne sens rien de particulier. Peut être les seins un peu tendus sous le tee shirt. Pas mal dans la glace du bistrot. Du côté du ventre, rien. Evidemment ça ne va pas durer. Adieu la taille de guêpe.

Tout de même, dans le registre des catastrophes, nous

ne pouvions pas faire mieux. Dans un an ou deux, pourquoi pas. Mais maintenant...

Au début, on utilisait les préservatifs. Et on s'est dit que je pourrais prendre la pilule. Oui, mais entre dire et faire, le temps a passé. Et crac. C'est bien fait pour nous. On a été trop cons.

Pour nous les choses étaient simples. Le diplôme en poche, on cherche un job. Celui des deux qui a les meilleures perspectives de travail entraîne l'autre. Et vive la vie. Et maintenant. Bobonne à la maison, les couches, les biberons, le ménage, la cuisine. Merde alors.

«– C'est décidé. Je ne veux pas le garder. Cet enfant, je ne le veux pas. Il s'est imposé à moi sans me demander mon avis. Je ne suis pas du tout prête à faire un bébé. Je suis bien trop jeune.

– Mais nous n'en avons pas parlé encore...

– Et nous faisons quoi en ce moment ?

– Nous ne parlons pas. Tu me dis ta décision. J'imagine que tu as beaucoup réfléchi à tout ça. Mais figure toi que moi aussi, je ne fais qu'y penser...

– J'ai 23 ans. J'ai bossé comme une malade pour décrocher ce diplôme. Et maintenant que je n'ai plus qu'à tendre la main, je vais faire carrière dans les biberons et les casseroles ! Pas question.

– Tendre la main ! Je te rappelle que tu as un mémoire de 150 pages à pondre.

– Pondre ! Essaie de trouver un autre mot.

– Excuse moi. C'est parti tout seul. Je n'ai aucune envie d'être drôle. Nous sommes au début de notre vie ensemble. Jamais nous n'avons véritablement parlé de l'avenir, de notre vie ensemble justement. Nous n'avons jamais évoqué l'idée de faire une famille, d'avoir des enfants...

– Mais nous étions étudiants. Etudiant, c'est ce qui vient juste après lycéen.

– Et un petit peu avant, c'était bébé. Justement, pour le coup, bébé il y a. Ou il va bientôt y avoir.

– Si on veut. Seulement si on veut... Si je veux.

– Minute ! J'ai tout de même mon mot à dire.

– A dire, oui. Mais c'est moi qui fais... ou qui ne fais pas. Ce fœtus n'a même pas un mois. Ca ne me plaît pas trop, mais si nous décidons vite...

– En somme tu me mets le couteau sous la gorge. J'ai besoin de réfléchir, de réfléchir à la vie que nous avons envie de faire. Lydie, il faut qu'on parle encore. Directrice administrative et financière de la société Machin, c'est une belle carte de visite, d'accord. Mais être heureux, heureux ensemble, ça ne serait pas mal non plus. Tu ne crois pas ?

– Oui, mais le bonheur pour moi, c'est aussi être quelqu'un. Pas la femme d'untel, pas la mère de chose et truc. Déjà que je suis la fille de mon père...

– Les parents, parlons en. Qu'est ce qu'on va leur dire ?

– Mais rien. Rien du tout. Ils ne sont pas concernés. D'ailleurs, tu es le premier à râler quand ils nous demandent pour quand est le mariage. Alors...

– Tu as sans doute raison. Pardonne-moi. Je suis un peu perdu. Il nous arrive un drôle de truc quand même. Je n'arrive pas à y croire...

– Tu ne savais pas que c'est comme ça qu'on fait les bébés ! Un peu normal tout de même que ça arrive, tu ne trouves pas ?

– Moque toi de moi, maintenant si tu veux. Depuis le début, tu décides toujours de tout. Et moi, brave pomme, je suis le mouvement. Je n'ai jamais voix au chapitre. L'appartement, c'est toi qui l'as choisi…

– Dis moi que tu n'étais pas d'accord. Tu n'arrêtais pas de me dire que tu voulais être avec moi. Et rappelle-toi comme tu étais content qu'on ait trouvé ce petit nid.

– Et pourquoi tu n'as pas pris la pilule ?

– Et voilà, c'est de ma faute. Je n'avais qu'à prendre la pilule. Et pour les hommes, il n'y a pas une pilule qu'ils pourraient prendre ? Là, j'en ai marre, marre, marre.

– Tu as raison. De toute façon, maintenant, c'est trop tard. Tiens, je vais me servir un whisky. J'espère que ça va me calmer.

– Il n'y a pas un truc à boire pour moi aussi ? J'ai besoin de quelque chose qui me fasse du bien.

– Choisis toi-même. D'habitude, tu n'aimes pas les apéritifs.

– Je boirais bien un verre de vin, peut être même deux.

– Du vin ? On n'en a pas. Si tu veux je vais en acheter une bouteille.

– C'est ça. Va acheter une bouteille ».

La décision est prise. Ce bébé, nous ne le garderons pas. Ca a été dur et difficile. Nous avons parlé, parlé et parlé toute la nuit. J'ai vraiment compris combien Lydie était essentielle dans ma vie, combien j'avais besoin d'elle.

Hier encore, nous étions deux gamins qui se laissaient porter par les évènements sans penser à rien d'autre que le plaisir d'être ensemble. En fait, j'étais bien plus gamin qu'elle. Pour moi tout était facile comme dans un rêve. Le plaisir de jouer, d'apprendre, comprendre, courir, boire et manger, faire l'amour... Juste être ensemble. Comme la vie était simple et limpide. Mais voilà, vivre, c'est aussi écrire une histoire, notre histoire. Et envisager notre avenir. C'est évident désormais, un jour, nous aurons un enfant. Mais pas maintenant. Je l'ai découvert cette nuit. Lydie le savait déjà. La preuve, elle a sorti de son sac les coordonnées du Planning Familial et la date du rendez vous.

Je m'occuperai de tout. Je serai là à ses côtés. A partir de maintenant nous ne serons plus ensemble comme avant. Il faut que je trouve quelque chose pour marquer l'évènement. Pourquoi pas une petite bouffe ? D'abord, réfléchir au menu. Un repas léger, mais un repas d'exception. Peut être un plateau de fruits de mer avec une bonne bouteille, un blanc de Provence, sec et fruité à la fois. Ou alors des queues de langoustes et un foie gras et du Champagne. Non. Ce serait un repas de fête. Aujourd'hui, ce n'est pas la fête, c'est juste un jour pas comme les autres.

Aujourd'hui, je sais que Lydie est la femme que j'aime. Aujourd'hui, nous célébrons le commencement de notre couple. C'est aussi la fin d'une petite vie facile et sans souci qui ne demandait qu'à continuer. Goethe, je crois que c'est lui, a écrit quelque chose qui ressemble à ça : « Sterb und werde. Meurs et deviens ». Papa, maman ! Enfin j'existe. Je ne suis plus le petit garçon qui va faire son jogging au Parc après l'école. Je suis un homme. L'homme de Lydie.

Ce sera plateau de fruits de mer, avec beaucoup d'huîtres. Et j'irai faire un tour chez le caviste avant de passer à la pharmacie.

Au Planning Familial, une femme entre deux âges nous a reçus. Une psychologue. Elle nous a laissé parler, prenant des notes sur son bloc. Elle n'a presque pas posé de questions. Pas d'interrogatoire. Elle voulait juste qu'on lui explique la situation. Ses lunettes de myope accentuaient son regard étrange, à la fois implacable et bienveillant. Impossible de savoir ce qu'elle pensait. Tant mieux parce qu'on ne lui demandait pas son avis. On lui demandait seulement comment faire. J'étais contente que Franck soit là avec moi, même si j'avais un peu peur de ce qu'il allait dire... Et j'avais tort d'avoir peur. Nous n'avions pas parlé pour rien l'autre nuit épuisante. Franck avait épousé ma décision. Nous étions là vraiment ensemble, dévastés mais ensemble. Sans lui je n'aurais certainement pas eu la force. J'avais honte d'être heureuse.

Cela faisait presque une heure que nous parlions quand elle a fermé son bloc et décroché son téléphone. Elle s'est enfin adressée à nous en faisant des phrases. Elle nous a indiqué que nous avions rendez vous le lendemain à neuf heures près de l'hôpital dans une annexe du service de gynécologie où un médecin nous recevra. Elle nous a raccompagnés et, quand elle nous a serré la main, son regard était plein de chaleur.

Le lendemain matin, c'est maintenant. Nous sommes dans le bureau du médecin. Il n'est pas beaucoup plus âgé que nous. Celui là, il parle sans arrêt. Il explique, il décrit, il énumère les moments de la procédure, les effets secondaires pénibles et douloureux. Peut être s'imagine-t-il que je m'attends à une partie de plaisir... Enfin, c'est parti. Prise de sang et échographie dans la pièce à côté. Il n'y a plus aucun doute hélas: grossesse à la septième semaine, annonce-t-il fièrement. Rendez vous est pris pour exécuter le cérémonial de l'interruption volontaire de grossesse deux jours plus tard...

Nous nous retrouvons sur le trottoir. Franck me prend la main. Je ne le regarde pas. Trop envie de pleurer.

J'ai mal. J'ai envie de vomir le verre d'eau que j'ai ingurgité à midi. Je ne sais pas comment me tenir. J'ai des nœuds partout. Dans le ventre, dans le dos... Je ne tiens pas debout et je ne peux pas rester couchée...

Ce matin nous sommes retournés comme convenu au service de gynéco, ou plutôt à l'annexe. Le jeune médecin bavard était là. Il n'avait pas changé. Il a encore fallu faire des papiers et confirmer que j'étais bien d'accord pour cette interruption de grossesse. Franck était là aussi. Si nous avions changé d'avis nous ne serions pas revenus, il me semble. Ce jeune toubib ne se taisait toujours pas. Il a fini par rédiger une ordonnance d'antalgiques et il m'a présenté un verre d'eau et des gros comprimés à avaler. C'était ça le RU machin chose dont on parle dans les magazines. Plus je les regardais, plus ils avaient l'air gros. Mes épaules, mes bras, mes jambes pesaient des tonnes. Franck était là. Il ne me quittait pas des yeux. Dans une main, il tenait le verre d'eau. Dans l'autre, les comprimés. J'ai fermé les yeux, et... le calice jusqu'à la lie. C'était fini. L'autre parlait toujours. Il nous a donné un nouveau rendez-vous pour prendre encore un produit qui, disait-il, allait finir le travail, et il nous a accompagnés jusqu'à la porte.

Nous sommes rentrés à la maison comme des automates. Nous avons poussé la porte de notre appartement à onze heures dix. Je ne sais pas pourquoi j'ai regardé l'heure. Assise sur le canapé, j'écoutais toutes mes sensations. Rien, sinon cette tension extrême, dans l'attente d'un cataclysme. Machinalement, je prenais mon pouls, je me tâtais partout. Et puis, j'ai commencé à avoir mal à la tête. J'étais presque soulagée. Enfin, il se passait quelque chose. Franck allait et venait entre la chambre et la cuisine. Il venait s'asseoir à côté de moi et il repartait. Il ne savait pas quoi faire, ni quoi dire. Sur la table du salon, il avait disposé les médicaments pour la douleur et la bouteille d'eau... et il tournait en rond. Il m'énervait. J'avais envie de lui dire d'arrêter, d'aller ailleurs. Mais je ne voulais surtout pas être méchante. Vers la fin de l'après midi, ça a commencé à faire vraiment mal. Quelque chose de diabolique m'arrachait tout à l'intérieur. Je ne pouvais pas faire un pas toute seule. Franck m'a portée jusqu'au lit.

Et maintenant, je fais semblant d'être morte.

Nous revoyons ce matin, j'espère pour la dernière fois, le petit docteur que Lydie ne supporte pas. Il est cette fois grave et presque silencieux. Quelques questions sur ce qui s'est passé depuis deux jours et il lui donne les cachets pour déclencher l'expulsion de l'œuf et « finir le travail » comme il dit. Il installe ensuite Lydie dans le « salon » à côté de son bureau. Une pièce minuscule avec pour unique décoration un paysage de montagne au mur, genre calendrier des postes. Je ne sais pas comment c'est chez lui, mais ce salon ressemble furieusement à une chambre d'hôpital, si l'on excepte la lampe de chevet à côté du lit et le fauteuil Ikea incongru devant les rideaux tirés de la fenêtre. Lydie est livide et en sueur. Les yeux brillants, elle me tient la main. Et moi, je me sens con et inutile. Je cherche vainement quelque chose à dire, mais à part « ma pauvre chérie », rien ne vient. Je me donnerais des baffes. Dans la rue, on entend que ça bouge et que ça vit. Un livreur et un automobiliste s'engueulent parce que l'un veut avancer et l'autre travaille.

Il n'y a pas une heure que nous sommes là quand Lydie subitement se cambre et se tord de douleur. Je ne savais pas qu'elle pouvait serrer ma main aussi fort en criant « maman ! ». En me traitant de déserteur je file chercher une infirmière...

Maintenant elle est avec Lydie, et moi, je poireaute dans le couloir. Je l'entends gémir derrière la porte. Que font-elles ? Que se passe-t-il ? Est-ce normal ? Imbécile ! Rien de ce que nous faisons ces jours ci n'est normal. Tiens, je fumerais bien une cigarette...

On dirait que les choses se calment. J'entends Lydie qui parle. Le médecin est là. Je ne comprends pas ce qu'ils se disent. Je ne vais tout de même pas coller mon oreille à la porte. Allez mon gars ! Tu es dans le couloir, en dehors du coup. C'est ta place. Tu n'as plus qu'à attendre qu'on veuille bien te tenir au courant. Ou alors, tout le monde a oublié que tu existes.

Le petit docteur finit par faire son apparition. L'air satisfait, il me dit que c'est fini. Elle va encore avoir mal pendant quelques jours, mais de moins en moins, et dès demain nous pourrons reprendre une vie normale. De toute façon, il reverra Lydie dans quinze jours pour l'échographie de contrôle, et pour la prescription de la pilule. Je n'aime pas sa façon de me regarder quand il parle de pilule.

Incroyable ! Impossible ! Il n'ose pas me regarder. Il ne sait plus quoi dire. L'interruption de grossesse s'est passée normalement, et, l'échographie montre formellement que je suis toujours enceinte. Alors, ce calvaire, c'était juste un rêve ? Un cauchemar pour rien ?

Le petit toubib a perdu toute son assurance. Il bafouille. Il n'a jamais vu ça. Bien sûr, en théorie, il y a toujours des échecs, des trucs qui ne marchent pas. Mais là, ça a marché et ça a raté à la fois. Il se lance alors dans des élucubrations que j'écoute à moitié. Un embryon a été expulsé, mais il y en avait un autre qui est resté, protégé par le premier, et il a repris toute la place, bien accroché au fond. Je n'y comprends rien. Ou plutôt, je comprends que je suis enceinte, que dans un peu plus de sept mois, j'aurai ce que je ne voulais pas : un petit bébé. Franck est assis à côté de moi, les yeux dans le vide. Machinalement, il me prend la main. Son contact me fait du bien et me rassure. Une chose est certaine. Nous n'allons pas recommencer cette affaire calamiteuse. Nous ne nous sommes rien dit. Mais dans sa main je sens cette détermination. Plus jamais ça. Cette fois nous ne lâcherons rien. Sans un mot, sans un regard, nous avons pris ensemble la même décision. C'est peut être ça l'amour.

L'autre a sans doute compris. Il parle de la suite. Il nous dit que désormais cette grossesse est une grossesse à risque, une grossesse fragile qui nécessitera une surveillance étroite. Il veut me revoir chaque mois, détaille les recommandations d'hygiène de vie, d'alimentation équilibrée, de surveillance du poids... et il prescrit déjà toutes sortes d'analyses. Nous sommes entrés dans une autre histoire, incrédules et abasourdis. Je m'en fous. Franck est avec moi. Comme l'autre jour, nous prenons un taxi pour rentrer chez nous.

Sitôt arrivés, Franck décide d'aller chercher quelque chose pour le repas, et, un quart d'heure plus tard, le revoilà, tout sourire, avec un bouquet de fleurs des champs, une grosse entrecôte et une bouteille de ce Côtes-du-Rhône que j'aime bien. Il paraît qu'il faut que je me nourrisse bien pour être en pleine forme. En pleines formes, oui. Il s'affaire tout guilleret dans la cuisine. Je me demande comment il fait pour oublier si vite ce qui nous arrive. Une chose est sûre. Moi, je ne pourrai rien avaler.

Un kilo et dix grammes ! Tout violacé et inerte ! On dirait un rôti mal ficelé. C'est une petite fille. Notre petite fille ! Qu'allons-nous faire ? Elle part en réanimation dans le service à côté. La néonatalogie. C'est la galère qui continue. Il ne devait pas y avoir de bébé. Et elle est là. Tu parles d'une histoire. Quand l'échographie a été formelle, il a fallu se rendre à l'évidence et choisir un prénom. On avait fait assez de trucs comme ça. Lydie surtout. Ce bébé, on n'en voulait pas, et elle était là, bien là.

Si c'était un garçon, ce serait Hector. Et c'est une fille, Cassandre. Pauvre Cassandre ! Elle démarre bien mal. Avant terme, minuscule, certes vivante, mais pas beaucoup. Ils disent qu'il n'y a pas de malformation, qu'ils vont tout tenter. Est-ce bien raisonnable ?

Nous sommes tombés d'accord tout de suite pour le prénom. Pas banal, joli, pas trop exotique... Cassandre nous a plu immédiatement. Je me souviens que dans la mythologie grecque, c'était une femme très belle avec des dons divinatoires, si belle que personne ne faisait attention à ce qu'elle disait. On la regardait tellement fort. Et elle en est devenue folle. Mauvais présage ? Allez, on arrête les conneries. C'est déjà suffisamment compliqué comme ça.

Lydie est épuisée, encore dans le cirage. Elle ne réalise pas bien. Ou alors, elle réalise tellement qu'elle préfère rester absente encore un moment. Et moi, je suis là, les bras ballants. Je ne sers à rien. Et je rumine des trucs terribles. Un moment j'espère. Tout va bien se passer. Et puis, ma pensée se casse la gueule. Les catastrophes s'empilent. La pire : Elle va s'en sortir. Mais elle sera toute cassée de l'intérieur. Elle ne nous regardera pas. Elle ne nous parlera pas... Il faut que j'aille vomir.

C'est ma fille ! Ma toute petite fille ! Elle tiendrait presque dans une seule de mes mains. Le front collé à la vitre de la nursery, je ne peux pas détacher mes yeux. Elle ne bouge presque pas, juste assez pour montrer qu'elle est vivante. Masquées, gantées, dans leurs blouses stériles, deux infirmières s'affairent autour d'elle. Leurs gestes sont doux et précis. Mais elles ne l'aiment pas. Elles la soignent. Est ce que je l'aime, moi, cette petite chose, ce minuscule bébé qui ne pleure même pas ? C'est mieux que je reste derrière la vitre. Je ne saurais pas la toucher. Tous ces tuyaux qui lui rentrent dedans me font peur. Cassandre me fait peur. Est-ce que c'est normal, une maman qui a peur de son bébé ? Je vois bien qu'elle respire. Je ne sais pas si je respire encore. Je ne sens rien. Une statue. Je vais rester là, debout contre la vitre. Regarder. Regarder. Même pas pleurer. Même pas hurler. Je suis éteinte dedans. J'entends un bébé qui braille dans un box à côté. Comme il a de la chance !

Quelle heure est-il ? Est-ce que c'est le jour ou la nuit ? Depuis combien d'heures Cassandre est-elle là ? Elle est née ce matin ? Ou hier soir ? Ne pas pleurer. Ne pas crier. Juste regarder. Ca y est. J'ai mal au ventre. Ce que ça fait du bien ! Cassandre, ma Cassandre, je suis avec toi. Vis si tu peux. Et si tu ne peux pas, laisse tomber. Ca n'en vaut pas la peine, peut-être. Je te regarde. Tu n'es qu'un petit oiseau sans plumes. Comment vas-tu faire ? Je ne saurai jamais te protéger comme il faut. Je suis tellement nulle.

Et tu es si faible. Mais tu es là. Je ne sais pas comment nous allons faire toutes les deux. Si tu veux bien on fonce. Tant pis pour nous. Ou tant mieux. Je crois que je vais devenir folle. Ca m'est égal.

13 octobre 1996

Aujourd'hui, Cassandre a un an. Ca pèse combien, un bébé à un an ? Pas quatre kilos quatre cent grammes en tout cas. C'est le poids de Cassandre. A la maternité, ils ont dit qu'il n'y avait pas de malformation. Qu'il fallait tout faire pour la sauver. Cassandre est toute entière une malformation. Elle ne boit pas ses biberons, elle ne dort pas, elle pleure tout le temps, plutôt elle geint, ou elle grogne. A l'hôpital, les médecins disent qu'elle n'a mal nulle part. Qu'est ce qu'ils en savent ? Elle ne grossit pas, ne grandit pas. Juste, elle regarde. Elle regarde, mais nous ne savons pas ce qu'elle voit. Jamais un sourire, jamais un gazouillis de bébé. Elle reste dans son berceau ou son transat. Elle gémit et elle regarde. Un point, c'est tout. Et nous, on est là. On ne sait pas quoi faire. La nuit, pas moyen de dormir. Ou alors, chacun son tour, avec des boules quiès. Et le matin, il faut aller au boulot. Une vie de bagnards...

Avec Lydie, nous sommes bien d'accord. Pas question d'abandonner notre travail. Ni l'un, ni l'autre. Nous prendrons toutes les aides qu'il faudra. Ca coûtera ce que ça coûtera. Mais Cassandre ne nous prendra pas notre vie. Enfin, autant que nous pourrons tenir le coup.

Un an ! Il n'y aura pas de bougie à souffler. Et c'est seulement la première année d'une longue série. Dans la rue, quand je croise une maman avec son bébé dans la poussette, j'ai envie de donner un coup de pied dans la première poubelle venue. Comme notre vie pourrait être belle ! Et c'est l'enfer. Parfois, on a l'impression qu'elle va dire quelque chose, qu'elle va parler. « Maman, papa, bébé... ». Et puis rien. Que des gémissements.

Je ne sais pas comment Lydie fait pour tenir le coup avec ce bébé qui n'est pas un vrai bébé, qui ne manifeste rien, sauf cette sorte de rage quand elle sort de son inertie. Avec Cassandre, elle est devenue une maman sèche et mécanique qui fait ce qui doit être fait. Changer la couche, donner le biberon, faire faire le rôt... Les câlins et les bisous, ça ne sert à rien. Il n'y a personne pour les recevoir et y répondre.

Souvent je la surprends en larmes, mais elle se ressaisit tout de suite. Au fond, elle a peut être raison. Que se passerait-il si on s'effondrait ensemble ?

Alors on serre les dents. Une chose est certaine. Demain, ça sera pareil.

Eté 1998

Qu'est ce que je fais là ? La clinique Bon Repos. C'est sûr, on y est bien traité. Pour le repos, faut voir. Le jour, il suffit que je prenne un livre, et je m'endors tout de suite. Mais la nuit, je reste allumée indéfiniment. Et pas question de lire quelque chose. Je tourne en rond dans mon lit ou dans ma chambre. Franck et Cassandre, que font-ils ? Ils ne dorment pas non plus c'est sûr. C'est sûr aussi que j'ai abandonné mon poste. Même si je ne servais plus à grand-chose ces derniers temps. Souvent, en rentrant à pied du bureau, sur le pont de l'Université, je regardais couler le Rhône. Accoudée au parapet, je me laissais porter par les tourbillons d'eau brune qui me faisaient tourner la tête. Je ne sentais plus le froid du vent du nord. Je ne pensais plus à rien. Mon corps pesait des tonnes.

Une fois, une vieille dame avec son cabas s'est arrêtée. « Il ne faut pas rester là, mon petit. Venez avec moi. Si vous voulez, je vais vous raccompagner chez vous ». Je ne sais plus ce que j'ai répondu, mais ça m'a réveillée. Je crois que je l'ai remerciée, et comme un automate, je suis rentrée à la maison. La maison. Un petit appartement derrière le quartier des facs, dans une rue calme. Je me souviens, au début je regardais les arbres et je tendais l'oreille pour écouter le chant des oiseaux malgré le bruit des voitures. Il y a bien longtemps que je n'entends plus rien. Je suis enfermée à double tour dans ma vie. Une chose est certaine. Il n'y a aucun moyen d'en sortir. Nous sommes tous les trois coincés là. En fait Cassandre est partout. Elle ne me quitte pas des yeux. Chaque pas, chaque geste que je fais, c'est sous ce regard qui me transperce. « L'œil était dans la tombe... ». Je ne me souviens pas bien du texte. Il me reste juste que le père Hugo décrivait une culpabilité inexorable, je crois. Ce regard me tue. Quand le psy m'a dit qu'il allait m'hospitaliser, J'ai tout de suite pensé, soulagée, « Cassandre ne me surveillera plus, elle ne cherchera plus à savoir ce que je pense. Enfin tranquille ! ».

Tranquille, pas vraiment. Depuis que je suis là, ma tête est là-bas, surtout la nuit. Evidemment, ils veulent me faire dormir. Ils ont voulu tout de suite me donner des trucs pour ça. Il n'en est pas question. D'abord je dors très bien et très profondément dès que je suis assise quelque part dans ma chambre, un coin du salon ou dans le parc. En plus ça m'évite toutes les conversations éprouvantes et imbéciles avec les autres. Et que je te raconte mes soucis. Mon mari, mes enfants, mon amant, mon père, ma mère, mon psy... La barbe. Et toi, c'est quoi tes problèmes ? Merde.

Quand vient le soir, Cassandre déboule dans ma tête avec son carrosse. Et le cauchemar commence. Pas moyen d'y échapper. Douze nuits que ça dure. Et je suis là pour trois semaines au moins. Je pourrais bien rester

trois ans, ça ne changera pas. On ne change pas l'enfer...
pour l'éternité.

Demain, je vais voir le médecin et j'exige de rentrer à
la maison.

Lyon, été 1998

Lydie chérie, aujourd'hui, Cassandre, notre Cassandre a fait ses premiers pas. Elle va bientôt avoir trois ans, c'est vrai, mais ce matin, avant l'arrivée de la nourrice, elle était debout dans sa chambre, les bras en l'air et elle regardait fixement la fenêtre. En fait, je ne l'ai pas vue bouger un pied. Elle était comme statufiée au milieu de la chambre, mais elle était debout. Debout, tu te rends compte ? Elle ne m'a pas regardé. Je ne sais même pas si elle m'a vu. C'est sûr, elle va encore progresser. Peut être qu'elle marchera vers toi quand tu rentreras de clinique. J'aurais pu te dire tout ça par téléphone, mais j'ai préféré te l'écrire. Les écrits restent. Et aujourd'hui, 17 août, Cassandre était debout sur ses petits pieds. Je l'ai vue, de mes yeux vue. Et ce pédiatre qui disait qu'elle ne marcherait sans doute jamais... Tous des nuls.

Je sais que les médecins veulent que tu te reposes, que tu penses à autre chose. Cassandre et moi, nous allons rester à la maison et t'attendre. Avec l'aide de Francine, je ne me débrouille pas trop mal. Maintenant, Cassandre la connaît bien. Il n'y a presque plus de griffures ni de morsures. Et au bureau, presque tout le monde est en congé. Je traite les affaires courantes.

J'espère que tu vas mieux, que tu retrouves ton calme et que tu reprends espoir. Et le sommeil ? Il est revenu un peu ? N'oublie pas notre décision. Pas de somnifères, pas de psychotropes ni de benzo machins. On a refusé qu'ils en prescrivent à Cassandre. Ce n'est pas pour en prendre nous-mêmes.

Avec Cassandre, la nuit, c'est un peu compliqué. Je l'entends souvent. Elle ne pleure pas. Elle ne crie pas non plus. C'est une espèce de mélopée plaintive. Et quand je vais la voir, elle est couchée par terre, tranquille et sereine, collée au mur. Elle me regarde et j'ai l'impression qu'elle voit à travers moi. Comme je voudrais savoir à quoi elle pense.

J'ai hâte que tu reviennes à la maison. Mais il faut d'abord que tu retrouves ton énergie. Et puis je réfléchis à des changements dans notre manière de faire avec Cassandre. Réfléchis toi aussi de ton côté. La première chose que nous ferons à ton retour, ce sera choisir la nouvelle manière de s'occuper de notre fille. Il n'est pas question que tu reviennes et que tout recommence de façon identique. Et puis, elle aussi réfléchit à des changements. Regarde. Elle a décidé de marcher. Qui sait les surprises qu'elle nous réserve ?

Je sais bien qu'à la clinique, ils ne veulent pas que je t'appelle. Mais toi, téléphone moi quand tu veux et autant que tu veux.

Lydie, je t'embrasse et je t'aime. Reviens-nous bien.

Novembre 1998

Sa chaise est plantée là, au milieu du salon. Cassandre est dedans et elle regarde en silence. C'est simple. Pour qu'elle cesse ses gémissements, il faut l'attacher dans sa chaise et serrer fort. Quand elle ne peut plus bouger elle se tait. C'est idiot. De toute façon, elle se tient à peine assise et elle ne fait jamais rien. Quand on la pose sur le tapis, ce sont des hurlements de terreur, comme si elle était sur le rebord de la fenêtre. Si je la mettais sur le rebord de la fenêtre, elle ne réagirait sûrement pas. Le pédiatre dit qu'on ne sait pas si elle marchera un jour. D'accord, elle tient debout sur ses deux pieds. Mais elle n'a encore jamais fait un seul pas. Et Franck s'acharne en vain.

Voilà. Ficelée dans sa chaise, elle me laisse un peu de répit. Mais je vois bien qu'elle n'est pas paisible, pas tranquille. Son regard me fait peur. Il y a dedans une énergie impressionnante et féroce. Toute sa vie est concentrée dans ses yeux. Quand elle me regarde, j'ai envie de disparaître. Un regard de jugement dernier. Elle m'envoie en enfer. Je ne pense plus à rien. Il faut que je m'en aille. Cela fait plus de trois ans que ça dure. Ce regard qui tue et pas un mot. En plus, quand je suis dans la pièce avec elle, elle ne supporte pas de ne pas me voir. Je suis à chaque instant sous sa vidéosurveillance obstinée et tyrannique. Souriez, vous êtes filmés. Tu parles.

Pour l'instant, j'ai de la chance. Elle me distingue du coin de l'œil, mais elle regarde obstinément dehors par la fenêtre. Son attention semble concentrée sur le vacarme d'un engin de chantier qui passe dans la rue. Elle ne le voit pas, mais elle écoute intensément. Et j'entends distinctement : « cractopelle » !

Hein ? « Que dis-tu ?

– Cractopelle »

Cassandre parle ! Son premier mot, c'est cractopelle. Elle a bien dit : tractopelle, en déformant à peine. J'ai bien entendu. Je n'y crois pas. Comment sait-elle que ça existe, ces engins ? Pas papa, pas maman, cractopelle ! Quand je vais dire ça à son père, il va me prendre pour une folle. Je redis « Tractopelle ». Silence. Dans la rue le bruit est parti. Cassandre n'a plus rien à dire.

Ca bouillonne dans ma tête. Comment est-ce possible ? Jamais aucun bébé n'a fait ça. Alors dans sa tête, elle se dit plein de choses. Elle réfléchit à des tas de trucs. Elle écoute tout ce qu'on se raconte et elle enregistre des mots qu'elle ne répète jamais. Elle ne nous dit jamais rien. Elle manifeste ce qu'elle veut et surtout ce qu'elle ne veut pas. A nous, elle ne dit rien. Jamais rien. Surtout, elle ne nous appelle pas. Papa et maman, ça ne veut rien dire. Ce serait trop simple. Mais tractopelle, ça, c'est un mot important pour elle. Bon. Je vais devenir folle, c'est sûr. Mais Cassandre parle. C'est sûr aussi. Et c'est une merveilleuse nouvelle. Une épouvantable merveilleuse nouvelle.

Cassandre parle. C'est un fait. Longtemps nous avons pensé que ça n'arriverait jamais. Le jour, la nuit, elle psalmodiait sans fin des « mmhmm ». On se disait sans y croire vraiment, elle essaye de dire « maman ». Son regard fixe, son regard vide et absent ne disait rien. C'était le mur qu'à travers nous elle regardait. Et toujours « mmhmm ». J'avais envie de hurler « Tais-toi ! ». Mais à quoi bon. Elle était plantée là comme un poupon de celluloïd. Elle montait juste le son quand on la dérangeait, quand on essayait d'exister avec elle.

Et puis il y a eu « cractopelle ». Je n'ai pas voulu y croire. Une hallucination de Lydie sans doute. Le premier mot de Cassandre ! Impossible, insensé. Les jours suivants, plus rien. Tout était redevenu normal. Nous avions presque oublié l'évènement quand, un soir, comme je rentrais du bureau, je l'ai entendue : « Dégage ! ». Et comme si ça ne suffisait pas « Dégage. Va-t-en ! ». Pas de doute. Cassandre s'adressait à moi. J'étais venu près d'elle comme chaque soir pour un petit bonjour, un petit signe sans espoir. Et... « Dégage ! ». J'aurais préféré qu'elle m'appelle « cractopelle ». Le pire, son regard terrible disait la même chose. Je suis allé me réfugier dans le salon. Lydie qui préparait le repas, est venue me rejoindre, en larmes. Restée seule dans la cuisine, Cassandre avait repris ses « mmhmm ».

Cette insupportable plainte était devenue agréable. Nous sommes restés un long moment sans rien pouvoir dire. Ce soir là, nous avons pris la décision de demander un nouveau bilan dans le service de pédopsychiatrie. Comprendre l'incompréhensible.

Cassandre parle. Elle parle dans sa tête. Mais que se raconte-t-elle ? Mais qu'est ce qu'elle a à nous dire ?... Ils nous ont expliqué que nous devions nous adresser à elle comme à une personne qui comprend tout du langage. C'est à nous de comprendre... de la comprendre. Ils la recevront à l'hôpital de jour, et, eux aussi essaieront de comprendre.

Nous le savons depuis longtemps. Elle ne supporte pas qu'on s'approche d'elle. Comme si nous étions brûlants, ou dangereux. Son murmure incessant, ses grognements insupportables, c'est une sorte d'enveloppe sonore qui la protège, qui nous tient à distance. Au début, nous pensions qu'elle avait mal quelque part. Non, ce n'est pas une plainte, juste une sorte de carapace qui nous fracasse le cerveau. Maintenant, en plus, elle se sert du langage pour se protéger, se protéger de nous ! Comment faire pour lui montrer que nous sommes là, justement pour la protéger ? La protéger de quoi au fait ? Quelle peut bien être cette menace qui pèse sur notre poupée, notre vieux bébé, et qui nous pourrit toute notre vie ? Ma tête va éclater.

Mai 99

Depuis un peu plus de trois mois, Cassandre est reçue dans le service de pédopsychiatrie au moins une fois par semaine. Nous y sommes régulièrement convoqués pour parler d'elle et de nous, de nos observations, de nos difficultés avec elle... Il y a eu toutes sortes d'examens du cerveau, un bilan génétique... Elle a été testée par la psychologue, l'orthophoniste, la psychomotricienne. Nous avons même rencontré l'assistante sociale.

Et hier matin, dans le bureau du chef de service, le verdict est tombé. Cassandre est autiste ! Enfin, elle présente de nombreux traits de personnalité qui permettent d'évoquer et même d'affirmer un autisme atypique. Je n'arrive pas à y croire. C'est vrai, nous y avons pensé il y a longtemps déjà. Nous avons passé des heures sur internet à rechercher des informations sur l'autisme. Nous sommes devenus incollables sur la question. Mais ça ne coïncidait pas vraiment avec ce que Cassandre nous montrait. Certes elle cherchait à s'isoler. Mais elle le faisait avec hostilité et colère. Elle faisait son possible pour nous tenir à distance, mais à chaque instant, elle nous surveillait, elle nous regardait, elle nous gardait sous son contrôle. Pas autiste ça. Elle ne s'intéresse à rien. Elle ne joue pas. Ses mains ne lui servent qu'à lancer les objets le plus loin possible, ou alors à frapper et à griffer. Elle est d'ailleurs très efficace et même adroite. Elle ne rate pas souvent sa cible. Elle se tient debout, mais elle refuse de faire un pas. Elle peut rester comme ça plantée et menaçante pendant des heures. Si on lui prend la main pour l'encourager, ce sont morsures et griffures. On a longtemps cru qu'elle ne parlerait jamais. En fait, elle se taisait. Elle enregistrait tout ce qu'on disait. Et quand elle a commencé à parler, ses mots étaient des attaques, des coups de poing. Pas très autiste non plus. Cassandre est tout entière concentrée dans son regard. Elle scrute, elle observe intensément, elle inquiète, elle paralyse. Avec son regard, elle exerce une emprise insoutenable sur son entourage. Elle se veut inapprochable. C'est bien en effet un trouble de la communication comme disent les savants. Mais ce qu'elle communique est parfaitement clair : « Dégage ! ». Pour résumer, nous n'y comprenons rien.

Hier soir et presque toute la nuit, j'ai parcouru des pages et des pages sur internet. Je ne suis toujours pas convaincu. Au fond, quelle importance ? Autiste, pas autiste, typique ou atypique, psychotique ou non, Cassandre est au cœur de nous. Elle est notre enfant, comme nous l'avons faite. Même si elle s'y prend avec nous d'une façon qui nous détruit à chaque instant.

Pas grave ma fille. Nous t'aimons et nous nous occuperons de toi. Nous te protégerons de notre mieux, même si tes démons sont à l'intérieur de toi.

Lyon, décembre 1999

Depuis ce matin, elle jette tout ce qu'elle peut attraper. Même son doudou. Tu parles d'une journée de repos. RTT, ils disent. Rage, Terreur et Tyrannie. Voilà ce que c'est pour moi. Dans la cuisine, l'assiette de pâtes, le verre d'eau, la cuillère, le yaourt aux fraises... tout a volé. Il y en a partout, même sur les murs. Si elle pouvait me jeter par la fenêtre, elle le ferait. J'en ai marre. Elle n'a même pas l'air d'être en colère, enfin, pas plus que d'habitude. Elle me regarde fixement, intensément. Elle pourrait au moins dire quelque chose. Rien. Ou plutôt si : « Vas-t'en ! ». Comme si je n'étais pas à ma place, moi sa maman.

Quand je travaille, c'est Francine qui est là, et ça ne se passe pas trop mal en général. Au début, c'était épouvantable. Cris, crachats, griffures, morsures. Et Francine a tenu bon, sans jamais s'énerver ni se mettre en colère. Et un jour on a entendu « Fancine ». Cassandre l'avait acceptée dans son monde. Même elle l'appelait. Comme « papa » et « maman ». Tiens au fait, elle n'a jamais dit « Cassandre ». Elle ne s'appelle pas, elle n'a pas de nom. De la même façon, elle n'a jamais fait le moindre sourire. Rien, jamais rien ne semble lui être agréable, lui faire plaisir. Toujours le même masque d'un bébé en colère, le regard noir, intense et hostile. Calée au fond de son carrosse, comme dit son père, elle semble haïr tout ce qui l'environne. Et moi d'abord. Souvent, j'ai envie de hurler.

Je vais la laisser un moment au milieu du champ de bataille et me réfugier dans ma chambre, le temps d'écouter les infos. Peut être qu'il se passe quelque chose dans le monde. Tout à l'heure, Franck va rentrer du bureau. « Comment s'est passée ta journée de repos ? ». Et je répondrai « Une bonne journée, tranquille ». Et du fond de son carrosse, Cassandre nous regardera sans rien dire. J'ai envie de me mordre. Demain, ça ira mieux. J'ai une grosse journée de travail.

«– Il y a combien d'années que nous ne sommes pas allés au cinéma ? Cela fait combien de temps que la télé reste éteinte ? Le dernier livre que nous avons lu, c'était le Goncourt de quelle année ? En dehors de Francine, du kiné et quelquefois de l'infirmière, qui est venu chez nous ces derniers temps ? Heureusement que personne ne vient en fait. On ne pourrait même pas lui servir un apéritif. Ca ne peut plus durer. Nous devons trouver une solution.

– Et quelle solution veux-tu trouver ?

– Je ne sais pas encore, mais je veux vivre. Ce matin, Christian, tu sais, le nouveau du service commercial, m'a proposé d'aller courir avec lui demain au Parc. Je n'ai même pas réfléchi. J'ai dit non. Il m'a regardé d'un drôle d'air, sans comprendre. J'étais bien content qu'il n'insiste pas. Je crois que j'aurais été grossier et désagréable.

– Ce n'est quand même pas de sa faute si tu ne veux pas aller courir.

– Mais je veux aller courir. C'est juste interdit. Je n'ai pas le droit. Tu n'as pas le droit non plus de faire ce qui te ferait envie. Nous n'avons pas le droit d'être bien. C'est elle qui nous l'interdit.

– Elle, elle s'appelle Cassandre.

– Oui, Cassandre, elle s'appelle Cassandre. Et c'est Cassandre qui nous pourrit la vie. A chaque instant, elle est contre nous. Surtout quand elle est avec nous. Alors il faut qu'on se sépare.

– Franck, tu veux me quitter ?

– Non, pas du tout ma chérie, je veux te retrouver au contraire.

– Mais on ne peut pas se séparer de Cassandre. Que deviendrait-elle sans nous ? Je ne pourrai jamais la laisser derrière moi.

– Ne dis jamais, jamais s'il-te-plait. Tu vois bien que nous courons à la catastrophe. Pire, que nous sommes enfermés dans un trou noir. Certes nous respirons, nous mangeons, nous dormons un peu. Heureusement nous allons au travail. Et à part ça, que faisons-nous ? Le travail est devenu notre survie. Où est passée notre vie ?

– Notre vie, c'est Cassandre. Elle est là. Elle restera là.

– Elle n'est pas notre vie. Plutôt notre mort. Nous n'avons rien fait pour mériter ça.

– En-es-tu si sûr ? Et si c'était de notre faute, ce qui nous arrive ? Nous n'aurions jamais dû...

– Ne pleure pas. Je t'en supplie. Cassandre est née avec presque deux mois d'avance. Aucun bébé ne survit dans ce cas là. Elle si. Mais à quel prix ! Et ce prix, c'est nous qui le payons.

– Qui veux-tu faire payer à notre place ? Pas elle. Surtout pas elle.

– Tu crois qu'elle est heureuse dans sa vie ? Moi je ne

vois rien qui me fait penser ça. Avec elle, c'est douloureux ou ce n'est rien. Si l'enfer existe, ça doit ressembler à ça.

– Comment peux-tu dire des choses pareilles ?

– Elle va bientôt avoir six ans, non, sept ans. Je finis par ne plus savoir compter. En tout cas, depuis qu'elle est là, nous n'avons pas passé un jour normal, pas une nuit à dormir vraiment ensemble. Comment vivre des choses pareilles ?

– Je ne pourrai jamais être bien avec toi si je pense qu'elle est mal là où elle est.

– Je t'ai dit, on ne dit jamais, jamais.

Février 2002

Je suis dans ma poussette, pardon, dans mon carrosse. Balade au Parc. Papa et maman m'emmènent là quand il fait beau, ou quand je crie trop. A cause des voisins qui rouspètent. Moi, je ne sais pas. Je n'ai jamais vu de voisin. Je n'ai jamais entendu de voisin rouspéter. Je préfère aller au Parc quand je crie trop, même s'il pleut. Quand il fait beau il y a trop de monde. Surtout des enfants qui courent et qui crient. Ils ne font pas attention à moi, ils ne me regardent presque jamais. Et quand ça arrive, je crie « Dégage ! » et, avec mes yeux, je les tue. Personne ne me parle, jamais.

Aujourd'hui il fait beau, mais il fait froid. Il n'y a que des quelqu'uns qui courent, tout seuls ou en paquets. Ca ne me dérange pas. L'ennui, c'est que les singes ne seront pas dans leur cour. J'aime bien les singes. Ils nous ressemblent, en mieux. Quand ils me regardent, je n'ai pas peur. Certainement ils peuvent savoir ce que je pense eux aussi, mais ils s'en fichent. Et puis on est obligés de rester loin et séparés par un fossé et un grillage. J'aimerais bien aller avec eux. Ils ne me font pas peur. Mais papa et maman me gardent attachée bien serrée dans mon carrosse. On dirait qu'ils ont peur que je me sauve. C'est vrai, j'aime bien aussi quand je suis attachée bien serrée.

Ca y est. On est près du jardin des singes. Il n'y en a

qu'un, perché sur un arbre mort. Il s'en fiche qu'on soit là. Il ne nous regarde même pas. Il ne s'intéresse qu'à son ventre. On dirait qu'il y a quelque chose là qui le démange. Il est bien plus gros que moi. Et tout poilu. Sauf aux fesses. C'est rigolo. Je crie pour l'appeler. Il ne réagit pas. On dirait qu'il est sourd. C'est vrai que je ne sais pas son nom. Est-ce que les singes ont un nom ? Moi aussi, quand papa ou maman ou même Francine m'appellent, souvent je ne réagis pas. Pourtant j'ai un nom et je ne suis pas sourde. Tout le temps, je préfère regarder. Je n'aime pas quand on s'approche ou quand on me parle. Peut être que les singes c'est pareil. Ils regardent, ils surveillent, ils font ce qu'ils font. Mais ça ne sert à rien qu'on les appelle. Ils n'aiment pas ça. Ou plutôt ils veulent qu'on se taise. On doit juste regarder, de loin. J'aimerais bien être un singe.

Juillet 2002

Bizarre ! Tout est calme dans la maison. Le salon est rangé impec. Aucun bruit. On dirait que tout le monde dort. Pourtant à cette heure là, c'est le repas de Mademoiselle. Un repas qui ressemble à une mêlée de rugby, sauf qu'il y a moins de monde, mais presque autant d'énergie et de fureur. Dans la cuisine, sur sa chaise haute, enveloppée dans sa blouse, Cassandre trône, armée de sa cuillère au milieu des décombres de son repas. Il y a de la purée, des morceaux de jambon partout. Le verre d'eau a été renversé, non, jeté au moins trois fois. Elle braille « de l'eau ! manger ! encore ! », et tout valse. Pour Lydie, la blouse aussi est de rigueur. Elle s'affaire autour de Cassandre, pare les projections et les coups. N'en pouvant plus, il lui arrive de se fâcher. Aucun effet. De toute façon il est impossible d'être au même niveau de colère que Cassandre. Ca, nous l'avons compris depuis longtemps. Et ce soir, rien. Ou plutôt si, sur la table de la cuisine, une enveloppe à en-tête de la Maison Départementale de je ne sais pas quoi. Elle n'est pas décachetée, juste posée là.

Lydie est dans notre chambre. Elle fait semblant de dormir.

« Je ne sais pas ce qui se passe. Depuis que je suis rentrée, Cassandre est dans sa chambre, installée dans le carrosse. Immobile, elle regarde dehors par la fenêtre. Et rien. Elle ne demande rien.

– Tu as vu la lettre ? C'est la Préfecture. Elle concerne sûrement Cassandre.

– ...

– Je crois vraiment que nous devrions la lire.

– Fais le si tu veux, et laisse-moi tranquille. »

Bon, elle fait la gueule. Pas de doute, c'est à cause de la lettre. Elle ne l'a pas ouverte, mais nous savons tous les deux ce qu'il y a dedans.

J'ouvre. Et voilà ! Il y a une place pour Cassandre dans un « Institut Médico Educatif » avec une possibilité d'internat. C'est ce que nous avions demandé et c'est fait. Elle va bientôt avoir sept ans et, en septembre, elle sera dans une école spécialisée pour les enfants handicapés. Elle est où, cette école ? Un bled dans le sud de Lyon. Pas trop loin, ça va. Nous pourrons facilement l'emmener et aller la chercher... Est-ce-que ça sera si facile ?

Je vois bien que nous abandonnons la partie. Nous laissons notre fille sur le bord de la route. Cassandre va aller chez les enfants handicapés. Nous l'envoyons chez les handicapés. Mais qu'est-ce qu'elle est d'autre ? Il faut bien l'admettre. Tous les trois ensemble, nous avons une vie de fous. Personne n'en voudrait. Personne. Nous aussi, nous avons le droit de vivre. Et dans un établissement conçu pour elle, Cassandre sera sûrement mieux qu'ici, coincée entre nous, incapables de faire quelque chose.

C'est fou. On dirait que Cassandre a deviné elle aussi ce qu'il y a dans la lettre. Elle fait comme si elle n'était plus là. Déjà partie...

J'avais oublié combien le canapé du salon est confortable. Ce soir, pas de repas. Pour personne. Je suis mort.

Nous ne prenons jamais cette route quand papa et maman m'emmènent en voiture. Il y a une grosse valise dans le coffre et mon carrosse replié à côté. Bien sanglée dans mon fauteuil, je regarde papa et maman. Ils regardent la route. Ils ne parlent pas. On n'entend que le moteur de la voiture qui file sur la route inconnue. De temps en temps, maman se retourne. On dirait qu'elle vérifie que je suis bien encore là. Autour de ses yeux, c'est tout rouge. Elle n'a pas mis ses lunettes de soleil. Pourtant le ciel est tout bleu, et il fait chaud. Avant de partir, ils m'ont dit des choses que je n'ai pas bien comprises. Nous allons dans une grande maison avec des arbres autour et des enfants dedans. Des enfants comme moi. Des enfants comme moi, ça n'existe pas. C'est pour que je sois bien dans un endroit exprès pour moi. Il n'y a pas d'endroit pour moi, et je ne suis jamais bien. C'est toujours tout cassé dedans. Et autour, c'est toujours la menace. Ils disent que dans cette maison, je vais dormir, manger, jouer, apprendre des choses...

Dormir, je ne sais pas ce que c'est. Manger, c'est chaque fois la même chose. Il y a quelqu'un à côté de moi qui me dit des trucs et qui remplit mon assiette et mon verre. Ca me tue. Jouer, ils veulent tout le temps que je joue. Comment fait-on ? Ils ne me le disent jamais. Alors, je jette les trucs qu'ils me donnent, et je les rejette quand ils me les redonnent. A la fin, ils abandonnent. Et je peux regarder tranquille. Apprendre des choses, c'est quoi ça ? J'ai compris en tout cas que dans cette maison, il va y avoir des quelqu'uns partout. Ils vont me regarder, me parler et même me toucher. Qu'est ce qu'ils me veulent tous ? Moi, je ne les veux pas. Crier, cracher, griffer, taper, mordre, tout le temps. Vite, trouver un coin pour tout regarder. Tout surveiller.

Ils ont dit aussi qu'ils viendront me chercher et que je reviendrai chez nous. Ils reviendront toujours me chercher et je retournerai toujours dans ma chambre. Ce sera toujours chez moi. Alors, pourquoi aller dans cette grande maison où je vais tout le temps avoir peur ? En fait, chez moi aussi j'ai peur. J'ai peur dans moi. Je ne peux pas tenir ensemble. Il faut que je me serre contre moi pour ne pas me diluer. Les bras, les jambes s'effacent. Il ne reste plus que le ventre tout cassé dedans. Alors je chante. C'est mon enveloppe. Papa et maman croient que je crie ou que je pleure. Non, j'existe.

Un parc, des arbres, et au fond, une grande maison. Papa dit qu'on est arrivés. C'est bien, il n'y a personne. Je peux sortir de la voiture. Vite le carrosse et les sangles. C'est maman qui pousse. Papa tire la valise. Toujours en silence. Le bouton de la sonnette. Quelqu'un vient ouvrir. Une dame souriante qui parle tout de suite et beaucoup. Elle sait déjà comment je m'appelle. J'entends les bruits au fond du couloir et à l'étage. Des pas, des cris, des rires, des paroles... Toujours poussé par maman, le carrosse avance dans le couloir. Quelqu'un s'approche. Elle me fonce dessus.

« Dégage ! »

Quelle journée ! Ce matin, installation de Cassandre dans son internat. La directrice, la psychologue et l'éducatrice nous ont accueillis. Bonnes paroles et sourires niais de circonstance. L'éducatrice s'est penchée vers notre fille. Sourire encore plus niais. « Bonjouourrr Cassandre ! ». Crachat. Il ne fallait pas t'approcher ma vieille. Ne t'en fais pas. Tu apprendras. Lydie était décomposée. Et moi, tendu et crispé à fond, je ne valais pas beaucoup mieux. Sur la route du retour, grâce à la complicité du soleil éclatant de l'été indien nous avons pu sortir les lunettes noires. A midi, pas question de se mettre à table. Un yaourt vite fait, debout dans la cuisine, et je suis parti au bureau, laissant Lydie toute seule. Ce n'était pas prévu comme ça, mais au dernier moment, j'ai reçu la convocation pour l'entretien annuel avec le chef de service et le grand manitou des ressources humaines. Pas question évidemment de décliner l'invitation. Chaque année c'est la même chose. Convocation le jeudi pour le vendredi. Examen des objectifs, bilan des prospects, le point sur l'environnement de travail et mon rôle dans l'équipe, perspectives pour l'année suivante, suivi des clients, la concurrence des voisins européens, la crise, les perspectives de progression dans la hiérarchie provisoirement bouchées naturellement, le salaire et les primes... Cérémonial à la con des managers modernes. Avant même l'entretien je pourrais en écrire un compte-rendu détaillé. Bref deux heures gaspillées pour rien, juste le jour où il ne faut pas. S'ils me cherchent ils vont me trouver. Et tant pis pour la belle carrière qu'ils me font miroiter à chaque entretien... et qui tarde à se manifester d'ailleurs. C'est bizarre, je n'ai aucune inquiétude pour Cassandre. Je suis certain qu'elle saura faire avec ce nouvel environnement. Au fond, elle est indestructible. Ce sont les autres qui galèrent avec elle. C'est pour Lydie que je me fais du souci. Elle est complètement désemparée devant notre nouvel état de parents isolés. Hier nous étions noyés sous les exigences de Cassandre. Aujourd'hui, nous avons perdu notre boussole. Nous ne savons plus vers où nous tourner. Et moi je fais le zouave avec ces guignols pendant que Lydie patauge toute seule chez nous.

Bon, c'est l'heure. Gare à vous les gars. Banzaï !

Sa chambre est vide, sans vie. Le lit impeccablement fait s'ennuie déjà. Cette nuit elle ne tirera pas les couvertures pour s'enrouler dedans, par terre, le dos contre la porte. La caisse des jouets s'est refermée. Les cubes, les balles, les gros lego, tous ses projectiles favoris sont dedans, en vrac. Ils ne servent plus à rien.

Nous avons fait le chemin du retour sans presque se parler, nos deux gorges serrées. Cassandre est à l'internat. Quand nous partions, nous l'avons clairement entendue dire « dégage ! ». Cette fois, elle s'adressait à l'éducatrice. Pas à nous. Je l'ai pris quand même comme un coup de poing dans le dos. De toutes mes forces j'ai lutté pour ne pas me retourner. Sinon elle repartait avec nous. Franck me tenait la main. J'avais l'impression qu'il marchait vite et qu'il me tirait vers la voiture comme un veau qu'on emmène à l'abattoir.

Dans l'appartement, j'écoute ce silence qui fait mal. Les gémissements incessants de Cassandre ne sont plus là pour remplir ma tête. Ces mêmes gémissements qui me rendaient folle. Et maintenant, rien. Je n'avais jamais remarqué le tic-tac de l'horloge du four dans la cuisine qui fait un vacarme horripilant. Je suis là, debout au milieu du salon. Toutes les portes sont ouvertes et rien ne bouge nulle part. Je ne sais pas quoi faire. Je suis perdue dans mon désert.

Ne pas penser. Faire quelque chose à tout prix. Tiens, je vais éplucher les légumes et préparer une ratatouille pour ce soir. Ce qu'il m'énerve ce tic-tac du four ! Comment ça se débranche ce truc ? Bon, les courgettes, les aubergines, les poivrons, les tomates, les oignons, le petit couteau pointu que j'aime bien... Merde, je me suis coupée.

Ce qu'elle est grande cette maison ! Et des enfants qui font du bruit, il y en a partout. Et des quelqu'uns aussi, qui veulent me parler, et même me toucher la main. Dans ma poussette, je crache, je griffe. Ils me parlent encore. Qu'est ce que je vais faire ? Papa et maman sont partis. Ils n'auraient pas dû. Pourquoi m'ont-ils laissée dans un endroit pareil ? Il y a des menaces partout. Qu'est-ce qu'on veut leur faire à tous ces enfants ? Qu'est-ce qu'on va me faire ? Au fond, c'est vrai, ici, papa et maman ne serviraient à rien. Et si je reste là toute seule, il me faut juste un placard. Bien fermé dans le noir. Ne plus voir personne. Exister à part.

Quelqu'un m'a posée avec ma poussette près de la porte d'une grande salle pleine d'enfants qui bougent. D'où je suis, je peux les voir tous. Des garçons, des filles… Ils ne font pas attention à moi. Tant mieux. Je suis la plus petite on dirait. S'il y en a un qui s'approche… Dans le couloir, derrière moi, j'entends des pas qui viennent. Même si je me tords le cou, je ne peux pas voir. « Dégage ! Tire-toi ! » Je crie le plus fort que je peux. Maintenant, il y en a plusieurs qui me regardent avec un drôle d'air. Je ne leur ai rien fait pourtant. Dans mon dos, ça marche toujours. Je ne sais pas si ça s'approche. Je vais exploser. J'attrape mon bras et je mords, je mords. Tous les bruits résonnent dans ma tête. Il faut que je hurle, mais ça se coince dans ma gorge. Heureusement, je suis bien serrée dans mon harnais. Solide. Ma tête commence à balancer doucement, en avant, en arrière. Et de plus en plus fort. Bom ! bom ! Contre ma poussette. Tout revient un peu en place. Bom ! bom ! Je n'entends plus rien, je ne vois plus personne...

Et, un quelqu'un vient se pencher sur moi. Avec ses yeux, son sourire et ses dents elle m'écrabouille. Elle a des cheveux longs et noirs, comme maman. J'attrape et je tire. Fort. Elle crie. Il ne fallait pas. Je tire encore, et avec l'autre main, je plante mes ongles dans son bras. Elle crie encore. Et quelqu'un m'embarque avec ma poussette jusqu'au fond d'un grand couloir sombre jusque dans ma chambre. Elle marche vite comme papa au Parc, sans dire un mot. Banzaï. Et elle me laisse là. Tranquille. Enfin. Je commence à chanter « Mmmmamm... » C'est fini, ça va être mieux. Le placard...

Le soir

C'est la nuit. Debout au milieu de ma chambre, dans le noir, j'écoute. Quelqu'un m'a installée dans le lit tout à l'heure, et elle est vite partie, un peu griffée. Je me suis tout de suite relevée. Maintenant j'écoute les bruits. Il y en a beaucoup. Pas forts, mais ça bouge et ça vit partout dans cette maison des enfants. Même dans le radiateur sous la fenêtre, ça ronronne. Là-bas, il y a une porte qui grince. Dans le couloir, ça marche et ça parle. On dirait que ça ne vient pas vers moi. Je n'ose pas bouger. Ils pourraient m'entendre. Et à tous les coups quelqu'un viendrait dans ma chambre. La porte avec son petit trou de lumière dans la serrure, je ne la quitte pas des yeux. Et j'ai de l'électricité partout, dans les bras, les jambes, la tête, le ventre, surtout le ventre. Ca va exploser. J'ai peur.

Il y a combien de temps que je suis là, debout dans ma chambre et que j'écoute ? A chaque instant un nouveau bruit quelque part. Dans mon ventre aussi, ça gargouille et ça fait du bruit. Ils vont m'entendre. Ils vont venir. J'ai mal. Ce que j'ai mal ! Surtout, ne pas bouger... Ca y est ! C'est parti. Il y en a plein ma couche. Même, ça déborde et ça coule le long de mes jambes. C'est chaud et doux. Je n'ai pas pu me retenir. Bizarre. Je me sens mieux. Maintenant je peux marcher dans le noir. Il faut que je quitte mon pyjama et que j'enlève ma couche. Mes mains ne reconnaissent rien. C'est tout gluant partout. Une espèce de bouillasse tiède qui sent fort. C'est moi qui ai fait tout ça ? En tout cas, mon ventre ne fait plus de gargouillis. On dirait qu'il s'est calmé. Le sol est devenu glissant sous mes pieds. Patatras, je tombe. Difficile de se relever. Toute seule dans ma chambre, je peux bien patauger un peu dans mon caca. Avec mes mains, j'étale autour de moi. Tranquille, je m'applique. Je suis chez moi. Je suis bien. Je n'ai plus mal nulle part et on dirait que les bruits dans la maison des enfants se sont tus. Je crois que maintenant, je vais pouvoir dormir comme chez papa et maman. Je tire la couverture et je la traîne jusque vers la porte. Je m'enroule bien serrée dedans et je me colle bien fort le dos contre la porte. Là... ça va aller. J'aime bien cette odeur.

Octobre 2002

L'autre jour, papa et maman sont venus me voir à la maison des enfants avec des gâteaux. Des madeleines. Je les ai toutes bien écrasées quand j'en ai mangé. Aujourd'hui ils viennent me chercher pour dormir une nuit à la maison, chez eux. Nous irons peut être voir les singes au Parc. Les singes, c'est ce que je préfère. J'aime bien aussi être attachée sur le siège arrière, dans la voiture, quand papa ou maman conduit et que la voiture roule. Si on s'arrête, ça ne va pas. Je grogne et je crie si quelqu'un s'approche ou si quelqu'un me regarde. Enfermés dans la voiture, il n'y a que papa et maman qui me parlent.

Pour l'instant, je regarde par la fenêtre de la maison des enfants et j'attends. Je surveille l'arrivée de la voiture blanche de papa et maman. Dans ma poussette, je suis prête. Papa va encore dire « mon carrosse ».

Soudain une main se pose sur mon épaule. J'étais trop occupée. Je ne l'ai pas entendue arriver. Je sursaute. « Dégage ! » C'est la main de la psychologue. Depuis que je suis dans la maison des enfants, elle m'a emmenée trois fois dans son bureau. Elle voulait que je regarde des images et des photographies. J'ai tout jeté dans la pièce. J'en ai déchiré quelques unes. Elle parlait tout le temps. Elle essayait de me montrer qu'elle était gentille. Moi, je voulais qu'elle me laisse tranquille, qu'elle se taise, qu'elle cesse de me regarder, surtout qu'elle ne s'approche pas. Encore une fois elle me parle : « Je te souhaite une bonne fin de semaine chez tes parents, Cassandre. Nous nous reverrons un de ces jours ». Et elle s'en va sans même s'apercevoir que je la regarde méchant.

Bon, surveillons le portail. Ah ! Voilà papa et maman ! On va pouvoir aller voir les singes au Parc.

Octobre 2002

Cela fait un peu plus d'un mois qu'elle est chez nous, et chaque jour, il y a au moins un évènement. Je ne compte plus les blessures des uns et des autres. Sans parler des crachats et des attaques verbales. C'est simple. Cassandre est inapprochable. Calée dans sa poussette qu'elle ne quitte jamais, un petit chat sauvage, toutes griffes dehors. Mais comment faisaient ses parents ? Je n'ai pas remarqué qu'ils avaient des marques sur les bras.

Elle parle c'est certain, mais seulement pour nous tenir loin d'elle. Jamais elle n'appelle quelqu'un par son nom, et ses demandes sont des ordres. En fait, elle fait en sorte à chaque instant d'être la maîtresse de l'échange. Et, si elle perd la maîtrise, elle attaque.

Depuis la fenêtre de mon bureau, je la vois dans la cour, installée dans sa poussette, un peu à l'écart des autres. Ils ont vite compris d'ailleurs. Aucun enfant ne vient vers elle ou ne lui adresse la parole. Personne n'a l'idée saugrenue de vouloir jouer avec elle.

Le plus difficile, c'est quand il faut l'habiller ou la déshabiller. Là, pas question d'être loin d'elle. Si c'est une femme, elle cherche à lui attraper les seins, et elle serre avec force. Si c'est un homme, c'est ailleurs qu'elle agrippe. Disons qu'elle a au moins bien intégré la différence des sexes... Et, dans tous les cas, elle tire les cheveux.

Quand on respecte le périmètre de sécurité, (pour nous ou pour elle ?), elle est un peu plus détendue, mais toujours sur ses gardes. Les radars de sa tête, ses yeux, surveillent à chaque instant ce qui se passe autour d'elle.

Elle vient de passer deux jours chez elle pour la première fois depuis son arrivée dans l'établissement. Ses parents disent qu'ils n'ont remarqué aucun changement dans son attitude. Et quand ils l'ont ramenée ici, elle n'a absolument rien manifesté. Ils avaient peur qu'elle ne veuille pas les quitter. Mais, rien. Ils étaient presque déçus. Et nous, nous avons retrouvé la Cassandre féroce que nous connaissions, ses griffes, ses crachats et ses « Dégage ! ». Pour eux, tout va bien. Ils ont trouvé leur fille très à l'aise et détendue. Les repas se sont même particulièrement bien passés. Ils disent qu'elle a besoin de s'acclimater à ce nouvel environnement. Pourvu qu'elle le fasse vite alors. Nous avons finalement convenu d'un retour en famille un week end sur deux. Espérons que l'équipe va tenir le coup.

Décembre 2004

Chaque année dans cette maison des enfants, c'est la même chose. La fête de Noël. Tout le monde est réuni dans la grande salle de séjour. Les enfants, les parents, les quelqu'uns... Papa et Maman sont là aussi. Et moi dans mon carrosse à côté d'eux, au fond de la pièce, dans le coin contre le mur d'où je peux tout voir, tout surveiller. Il y a beaucoup de monde, beaucoup de bruit. Je veux partir. Mais avant il y a les clowns, les chansons, les gâteaux, le jus de raisin et les cadeaux. L'année dernière et l'année d'avant, je n'avais pas voulu aller chercher mon cadeau. Cette fois encore, ce sera la même chose. Le clown appellera « Cassandre ! Cassandre ! ». Tout le monde se retournera vers moi, et je ne bougerai pas. L'année dernière, il est venu m'apporter une grosse boîte enveloppée de papier rouge avec un truc dedans... et, pour finir, il l'a donnée à maman. Elle avait l'air à la fois contente et ennuyée, avec sa grosse boîte sur les genoux. Moi, ça allait. Plus personne ne me regardait.

Ce n'est pas le même clown que l'année dernière. Et cette fois, ils sont deux. Ils parlent fort. Ils font rire les enfants et les parents. Il y a aussi des enfants qui crient et qui pleurent. Beaucoup de vacarme. Moi, j'attends le moment de partir. Je chante doucement et je balance ma tête. « Mmmam ! » Bom, Bom sur le dossier de mon carrosse. Maman me prend la main. Je serre fort. Elle n'enlève pas sa main. Bon, ça va aller.

Là bas sur l'estrade, les clowns sont partis. Il y a maintenant quelqu'un avec une guitare. Il chante et il veut que tout le monde chante avec lui. Encore plus de vacarme. Dans ma tête, ça résonne. Cette fois je grogne plus fort. Heureusement, maman me tient toujours la main. Je veux qu'elle m'emmène loin d'ici, loin de ce bruit, de ces quelqu'uns, de tous les autres...

Qu'est ce qu'il me veut, ce clown qui s'approche ? Pas de doute, c'est moi qu'il regarde. « Comment t'appelles-tu, jolie petite fille ?

– Dégage ! Je ne m'appelle pas. Fiche le camp !

– C'est un drôle de nom, Fiche le camp, tiens, prends ce sac de bonbons. Il est pour toi. »

Avec son gros nez rouge, il ne comprend rien ce clown. Je prends les bonbons et je griffe en même temps. Il sursaute, mais il ne sait pas quoi dire. Il s'en va en regardant sa main qui saigne. Je crois qu'il ne reviendra pas. Maman me regarde. On dirait qu'elle ne sait pas quoi dire elle non plus.

J'aime bien cet endroit. Dans la Maison des Enfants, avant, c'était sûrement une salle de bain. C'est devenu une sorte de cagibi où on range des tas de trucs. Les étagères sont pleines de dossiers et de boîtes. Il y a des caisses de jouets dans la baignoire. Et, contre le mur, il y a un bidet. La première fois que je suis venue là, j'avais donné un coup de pied à quelqu'un qui passait près de moi. Ca a crié et j'ai été punie. Je me suis retrouvée enfermée dans cette petite pièce, en face du mur, à côté du bidet. Assise dans ma poussette, les robinets étaient juste à ma hauteur. J'ai tourné, et l'eau a coulé. J'ai tiré sur le bouton au milieu, et le bidet a commencé à se remplir. Une main dans l'eau, puis les deux... C'était froid. Je faisais des vagues. Derrière la porte fermée, j'entendais les autres qui faisaient des choses et ne s'occupaient pas de moi. J'étais bien.

C'est devenu une habitude. Maintenant, le cagibi de toilette, c'est mon coin. Il suffit que je grogne ou que je regarde d'une certaine façon, et quelqu'un m'emmène là. Seule, la porte fermée, je joue avec l'eau qui coule et qui s'en va. Flip, flip... Il y a des éclaboussures partout et je suis un peu mouillée, mais pas beaucoup. Ce bidet, c'est ma petite eau, pour moi toute seule. Je vide, je remplis, comme je veux. Si je me penche en avant, je peux boire un peu. Si je me penche encore plus, je peux mettre toute ma tête dans l'eau. Je n'entends plus aucun bruit, et, si j'ouvre les yeux, c'est tout blanc. Oui, mais ça ne peut pas durer très longtemps. Il faut que je respire. Dommage... L'eau de mes cheveux dégouline partout. Là, je suis mouillée pour de bon. Et, quand quelqu'un vient me chercher, ça crie...

De toute façon, je sais comment faire pour revenir dans mon cagibi de toilette.

Juillet

Plouf ! C'est papa dans la piscine de l'hôtel où nous sommes arrivés hier. Il veut que je fasse comme lui. Il n'y a pas de risque. Je suis bien mieux dans mon carrosse, au sec et serrée. Je n'en suis pas sortie depuis que nous sommes là. Un hôtel-club au bord de la mer, avec des fleurs partout, et des quelqu'uns dans tous les coins. Hier, on nous a conduits avec les valises dans la chambre, une grande pièce avec un grand lit et un petit lit pour moi. Il y avait des bonbons sur les lits. Depuis le balcon on voit la mer au loin. Papa et maman étaient contents. Vive les vacances, disaient-ils avec un grand sourire.

Ma maison des enfants où j'habite a fermé ses portes pour l'été. Tout le monde a été obligé de partir. Quand papa et maman sont venus me chercher, ils m'ont expliqué que nous partions au bord de la mer. Un séjour de deux semaines. J'aurais bien mieux aimé rentrer chez nous, dans ma chambre. Là, ça ne va pas, je ne connais pas. Impossible de savoir ce qui va se passer. Nous avons pris le repas du soir dans un grand réfectoire. Papa a choisi une table dans un coin au fond, un peu à l'écart. Il y avait beaucoup de bruit d'assiettes et de paroles qui résonnaient dans mes oreilles. Il fallait que je chante pour me calmer. Je n'ai presque rien mangé. Maman a décidé que j'étais fatiguée et que je devais aller dormir. J'étais contente de sortir du réfectoire, et, dans la chambre, j'ai voulu rester dans mon carrosse. Je devais être fatiguée en effet. Je ne me souviens de rien. Et, ce matin, je me suis réveillée dans mon carrosse. Le soleil éclairait la pièce et il n'y avait aucun bruit, à part les ronflements de papa. Mais ça ne me dérange pas. Je suis restée un long moment à regarder le ciel. Rien. Pas un nuage, pas un oiseau. C'était bien. Et puis, ils se sont levés. Après la douche, maman est partie quelques minutes et elle est revenue avec plein de trucs sur une petite table roulante pour le petit déjeuner. En maillot de bain, papa faisait des étirements. Il ne tenait pas en place. Ils ont décidé de me préparer pour aller à la piscine. Maillot, chapeau et, ce que je déteste, la crème solaire étalée partout sur moi. Grrr...

Au bord de la piscine, il y avait un quelqu'un habillé normalement avec un grand balai pour nettoyer le bassin. Il m'a regardée, l'air surpris. Mais il n'a pas parlé. Il a juste continué son balayage. Tant mieux.

Dans l'eau, papa est tout excité. Il veut tout le temps que j'aille le rejoindre. Pas question. Je suis bien mieux là où je suis. Je ferme tout. S'il approche, je griffe et je crache.

Janvier

Cette nuit, il a neigé. Tout autour de la Maison des Enfants, le paysage a changé. Du blanc partout. Et les bruits ont changé aussi. Dehors, il y a un grand silence, et dans la maison, ça crie, ça rigole, ça parle fort. Il y a beaucoup d'excitation dans les couloirs. J'ai de la chance. Ils m'ont laissée avec ma poussette près de la grande baie vitrée. Je peux surveiller les autres dans la salle, et je peux aussi regarder dehors, le parc tout blanc, calme et silencieux. Je ne veux plus bouger. Seulement regarder. La neige tombe encore, en petits flocons virevoltants. C'est étrange, je me sens bien.

Une voiture arrive au pas, les phares allumés. Elle laisse des traces sales dans l'allée. Je reconnais la psychologue malgré son anorak, son bonnet et ses bottes. Elle court presque pour se mettre à l'abri dans la grande maison. Dans un moment, je le sais, elle va venir me chercher pour m'emmener dans son bureau. Le jour de la psychologue, c'est le jeudi. Et jeudi, c'est aujourd'hui. Dans son bureau, il faut faire des trucs avec de la pâte à modeler, des dessins, il faut aussi tripoter une poupée un peu déglinguée. Chaque fois, je la lance à l'autre bout de la pièce, ou je lui tape dessus. Pendant ce temps, la psychologue écrit dans un cahier, ou bien elle dit des choses que je ne comprends pas trop. Parfois, ce sont des choses qui me font bizarre ou qui me font rire. Et moi, pendant ce temps, je fais et je dis ce qui me passe par la tête, comme je veux.

En général, ça m'est égal d'aller avec la psychologue. Aujourd'hui, je n'irai pas. Je préfère regarder la neige dehors. Je ne veux pas bouger de là où je suis, devant la grande baie vitrée. Tout à l'heure, quand elle va venir, je sens que ça va encore crier, hurler, mordre ou griffer. Mais c'est elle qui l'a dit. Pendant la séance avec elle, je peux dire et faire tout ce que j'ai envie. Alors...

Décembre 2007

«– Cassandre est chez nous depuis un peu plus de cinq ans. Cinq ans avec Cassandre, c'est long. Bien sûr nous sommes encore en vie. Non sans mal, ni sans blessures, mais bien vivants.

– Il est vrai que cette toute petite bonne femme est une bombe humaine, à chaque instant prête à démolir ses contemporains. En revanche elle ne casse presque jamais rien, sauf par accident ou par nécessité quand elle a besoin d'un projectile.

– On a vraiment l'impression que le matériel inerte ne l'intéresse pas. Ce sont les vivants qu'elle attaque.

– Bon, nous sommes réunis pour la première synthèse de la sixième année que Cassandre passe chez nous, sans compter, bien sûr, les innombrables réunions cliniques que sa virulence nous a imposées. Elle a maintenant treize ans. Elle sera donc ici encore cinq ans au moins, si nous tenons le coup bien sûr.

– Tous les professionnels qui étaient là se souviennent de son arrivée, n'est ce pas, et, au fil des mois elle s'est progressivement acclimatée. Sans doute aussi, avons-nous appris à nous tenir à distance. Nous avons appris également à exister avec elle, sans susciter ses réactions, toujours les mêmes : crachats, morsures, coups, « dégage ou va t'en ».

– Pour moi, une chose est certaine, Cassandre est vive, dans ses réactions comme dans sa compréhension des situations et des attentes des uns et des autres. C'est pour cette raison, je pense, qu'elle exerce sur nous tous une telle fascination. On voit bien que dans sa poussette qu'elle ne quitte presque jamais, elle est comme un fauve apeuré, juste attentive à sauver sa peau, comme si nous étions une menace pour elle.

– Et en plus, depuis quelques semaines, nous assistons à une aggravation de ses réactions agressives.

– Peut être un effet de l'entrée dans l'adolescence avec les hormones qui lui compliquent la vie.

– Pour tous les autres enfants de l'établissement, nos réunions de synthèse sont consacrées avant tout, à évaluer les progrès dans chaque domaine et à adapter notre accompagnement, nos rééducations et notre action pédagogique. Pour Cassandre, c'est bien autre chose. Nous mesurons à chaque instant qu'elle sait faire des tas de choses. Mais elle ne veut pas. Elle sait se déshabiller et s'habiller, mais elle ne le fait pas. Elle sait se nourrir proprement, mais à chaque repas, elle passe son temps à éparpiller les aliments autour d'elle. Elle sait marcher, mais elle exige de rester attachée dans sa poussette. D'un autre côté, elle est plus facile à contrôler comme ça. Quand elle dessine, ça se termine invariablement par la destruction de la feuille de papier. Elle parle. Oh, ça, oui, elle parle. Mais ses propos se résument à quelques phrases, toujours les mêmes. Et quand elle réclame un bisou, presque à tous les coups on se fait mordre.

– Les séances de thérapie sont toujours sur le même modèle : le refus obstiné de l'autre et de tout ce que je peux proposer. Au bout de quelques minutes, nous nous retrouvons, elle, dans sa poussette avec son regard féroce, et moi sur ma chaise un peu loin. Il faut qu'elle me voie, mais je ne dois pas la regarder. Alors je parle, je raconte ce qui se passe, je me pose tout haut des questions… Quand c'est l'heure, elle dit juste : « C'est fini ». Et c'est sans appel.

– Il y a un moment dans la semaine où Cassandre est bien, presque détendue et confiante. C'est en balnéothérapie. J'ai le privilège de fréquenter une Cassandre que je suis seule à connaître on dirait. Quand je viens la chercher, elle m'accepte sans difficulté. Aucun problème pour le maillot de bain, et elle se jette presque dans l'eau. Il faut alors que je lui donne la main, et elle se laisse glisser sur le dos, tranquille et sereine. L'autre jour, elle a posé sa tête sur mon épaule, et nous avons tourné ainsi, accrochées l'une à l'autre, dans la piscine. Le plus souvent, elle chantonne : « Mmmmm… ». Et je dois attendre qu'elle ressente le froid pour sortir de l'eau. Sitôt rhabillée, elle saute dans sa poussette, et retour dans le groupe. C'est seulement au milieu des autres que son visage se ferme à nouveau.

– En effet, cette Cassandre, on ne la connaît que

quelques instants miraculeux et imprévisibles dans la semaine. Indéniablement, ils contribuent au charme qu'elle exerce sur nous tous.

– Vous vous souvenez que, lors de notre dernière réunion, nous avions décidé de l'adresser, avec l'accord de ses parents, à un pédopsychiatre. Elle y est allée trois ou quatre fois, je crois. Et j'ai reçu un courrier de ce praticien, presque une lettre d'engueulade. Je vous la lis :

« Madame la Directrice, j'ai bien rencontré à plusieurs reprises votre pensionnaire, la jeune Cassandre. J'ai vu aussi ses parents. Cette petite personne est en effet difficile à approcher. Son explosivité se manifeste dès qu'elle ressent la moindre proximité. Elle ne quitte pas des yeux son interlocuteur, comme pour le tenir au loin avec son regard à la fois terrifiant et terrorisé. Tout en elle manifeste, non pas le refus du contact, mais l'exigence d'un contact à distance. Elle est ainsi, que cela plaise ou non.

Ne comptez pas sur moi pour que je lui prescrive des médications qui vous faciliteraient peut-être la vie, mais qui feraient de Cassandre une larve inerte, tout aussi infréquentable finalement. Si vous cherchez bien, vous trouverez peut-être un praticien qui fera ça. Mais soyez certaine qu'agissant ainsi, il ne soignera rien chez Cassandre, bien au contraire.

Pour moi, la bonne attitude thérapeutique est celle que vous avez adoptée jusqu'à présent. Persévérez, et si vous atteignez vos limites, ce que je peux aisément concevoir, offrez à Cassandre un séjour de « rupture » de quelques semaines, voire plus, dans un autre établissement semblable au vôtre et fonctionnant selon les mêmes principes. Ce sera pour votre équipe des vacances bien méritées. Mais j'insiste sur ce point essentiel à mes yeux, toute médication qui vise à soigner un comportement est à la fois, une hérésie, un constat d'échec et une attitude gravement pathogène. Et pour ça, ne comptez décidément pas sur moi.

Recevez, Madame la Directrice, mes encouragements et mes salutations les meilleures. »

Voilà. On ne saurait être plus clair. Ce qui me console, c'est que quand Cassandre nous quittera, elle aura toutes les chances d'aller dans l'établissement pour adultes que ce docteur, d'après mes informations, est en train de créer. On verra comment il s'y prendra.

– Conclusion : On continue. Que cela nous plaise ou non.

– Au fond nous sommes bien d'accord pour poursuivre l'aventure.

– Oui, mais faisons attention à ne pas vouloir en faire trop, et dépasser nos limites. Vous le savez, les super héros, c'est uniquement dans les films.

Cette semaine, un nouveau vient d'arriver dans la Maison des Enfants. Il est comme moi. Il est dans une poussette lui aussi. Mais lui, il ne marche pas. Pourtant il a de grosses chaussures montantes un peu comme celles de papa, quand il part le dimanche faire du ski avec ses copains. En plus, il ne regarde jamais personne et il ne dit jamais rien. On dirait qu'il regarde à l'intérieur de sa tête et que c'est bien plus intéressant que ce qui se passe autour de lui. Il est plus grand que moi, mais ils l'ont mis dans le groupe des petits. Depuis mon carrosse, je l'observe. Je ne sais pas s'il m'a vue. Dans la cour, il est posté dans un coin, pas très loin de moi. Je surveille tout. Il ne regarde rien. Il fait comme si personne n'était là. Et il n'a pas peur. Les autres font des trucs ensemble dans la cour. Personne ne s'approche de lui. Il ne les regarde pas. Ils ne le voient pas. C'est comme s'il n'était pas là lui non plus.

Dans ses mains, il tient une petite voiture rouge en métal qu'il tripote tout le temps. Il ne la pose jamais nulle part, ne la lâche jamais, même quand quelqu'un lui enfile sa veste, même pour manger. De temps en temps, il tape le montant de sa poussette avec sa voiture rouge, ou bien il tape sa tête. Si quelqu'un veut l'empêcher, on l'entend crier. Un cri aigu et strident d'oiseau en colère, qui fait mal aux oreilles.

C'est la première fois qu'un nouveau m'intéresse comme ça. Cloué sur sa poussette, il ne risque pas de venir vers moi. Je suis tranquille. La psychologue a remarqué quelque chose. Ce matin elle m'a dit : « Il est comme toi, tout pareil. Et pourtant, il fait tout le contraire de toi. C'est peut être pour ça que tu es curieuse de lui».

Un ballon arrive soudain sur moi et j'arrive à l'attraper. C'est un garçon qui l'a lancé. Il s'approche. Je le regarde. Il s'arrête, hésite. Je ne le quitte pas des yeux. Il n'avancera pas plus, c'est sûr. Je vise la tête... et, de toutes mes forces... Raté ! Tant pis.

Octobre 2008

C'est la récré. Je n'aime pas. Ils sont là, dans la cour. Ils tournent en rond, ils courent, certains pédalent sur un vélo, d'autres sont assis par terre et tripotent les graviers. Moi je reste dans la haie au fond, au milieu des buissons. La première fois que je me suis glissée là, je pouvais tout voir et personne ne venait dans le coin. C'est devenu mon domaine. J'ai trouvé une petite branche. J'ai bien arraché toutes les feuilles. J'ai décidé que ce serait ma baguette. J'aime bien taper avec. Schlak, schlak. Ca fait un joli bruit. Je déambule entre les arbres et la clôture. Ils sont tous loin et je les vois. Comme ça, ça va. Si quelqu'un s'approche, schlak, schlak. C'est le seul moment où je n'ai pas besoin d'être dans ma poussette. Je sais très bien défaire le harnais toute seule, et en quelques pas je vais me cacher dans ma haie. Schlak, schlak.

J'habite dans ma maison des enfants depuis combien d'années ? Ils disent que maintenant je fais partie des grands. Pour moi, rien n'a changé. Ou plutôt, si. Je commence à avoir des seins comme maman. Enfin pas tout à fait, mais ça ressemble. Et des poils qui poussent là au milieu. C'est peut être pour ça que c'est chaud souvent. Et l'autre jour j'ai saigné là. Pas beaucoup mais tout de même. J'ai bien vu dans ma couche. Celle qui s'est occupée de moi était presque contente. Je me demande bien pourquoi. Moi, j'avais juste un peu mal au ventre... Et encore plus envie de lui arracher les cheveux. Elle m'a dit que c'était normal, que ça recommencerait de temps en temps, et que si j'avais mal au ventre, on me donnerait un comprimé. Elle a ajouté : « C'est juste le signe que tu deviens grande. Cela arrive à toutes les filles quand elles deviennent capables de faire un bébé. On dit que ce sont les règles ». Faire un bébé ! Elle est complètement folle celle là. Qu'elle dégage ! Vite !

Depuis ce jour, quelque chose a changé en effet. C'est comme si j'étais en colère contre moi. J'ai envie de me pincer, de me mordre. C'est la rage, tout le temps. Je garde ma baguette avec moi, même pour dormir.

Ce soir, au moment du coucher, quelque chose a changé. Quelqu'un a mis la couche, le pyjama, sans parler comme d'habitude. Jusque là, tout était normal. Ensuite, elle m'a mis une espèce de casque sur la tête en m'expliquant qu'elle ne voulait pas que je me fasse du mal. Du mal ? C'est vrai que quand je suis seule dans le noir, je chante et je me balance. C'est obligé. Presque toujours, ma tête cogne contre le dossier du lit ou contre le mur, contre quelque chose de bien dur. Je sens que ça résonne partout dans moi. Et ça calme le mal qui est partout en moi. D'un côté, de l'autre. Bam, bam, bam... Comme ça, je peux tenir ensemble. Dans le noir, je ne peux rien voir, rien surveiller, et j'ai peur. Ma tête qui cogne contre le mur rassemble mes épaules, mes jambes, mon ventre... Je sens quelque chose sur mon front, et ce quelque chose me rassure un peu. C'est ça, se faire du mal ? Quand je ne sens rien, quand il n'y a rien de dur, je me dilue. Même chanter fort, fort, fort ne suffit pas. Il n'y a rien à l'intérieur de moi, que l'effroi. Un terrible, un épouvantable effroi.

Avec ce casque, que va-t-il se passer ? En tout cas, je sens que j'ai la tête bien serrée, et ça, c'est important. Recroquevillée par terre contre la porte, je balance ma tête. Bom, bom, bom. Ca ne résonne pas pareil. C'est curieux, ça secoue tout mou, mais j'aime un peu quand même. « Mmmm, mmam... » Demain je n'aurai pas de bosse ni de sang sur le front. Mais maintenant j'ai mal et je ne sais pas comment faire. Dans leur bureau, ça leur fait mal d'entendre ma tête cogner contre la porte. Ce casque en caoutchouc les protège. Et moi, je serre les poings. Il faut que je me morde...

Sandrine, je ne la vois que le mardi matin. Elle vient me chercher dans ma chambre et elle m'emmène à la piscine, dans un petit bâtiment derrière la maison des enfants. Elle appelle ça la balnéothérapie, moi, je vois bien que c'est une piscine. Elle n'est pas très grande, mais il n'y a jamais personne. Que Sandrine et moi.

Sortir de la poussette, mettre le maillot de bain, attendre qu'elle se change, et, hop... dans l'eau. Elle est bleue et pas froide. Quand je marche sur le fond, j'ai de l'eau jusqu'aux épaules. Je tiens fort la main de Sandrine et elle me tire doucement, me faisant tourner autour d'elle. Je n'ai plus peur comme les premières fois.

Maintenant, elle me prend les deux mains, et je me laisse flotter sur le dos. Elle dit que je fais le bateau. Je regarde mes pieds qui gigotent et qui éclaboussent. J'ai envie de crier. Quand elle s'arrête, mes pieds retombent au fond. Je pousse dessus et ça repart. J'ai de l'eau dans les yeux. Ça pique un peu.

« Tu es comme un poisson. C'est l'eau qui te porte. Moi, je te tiens juste un peu. Il n'y a pas d'effort. Tu laisses faire... ».

Quand papa me pousse dans mon carrosse, c'est un peu pareil. Je laisse faire, et ça marche tout seul.

La tête posée sur son épaule, je regarde les lumières au plafond. Elle ne me tient plus les mains. Tout mon corps glisse dans l'eau, juste accroché à l'épaule de Sandrine. C'est léger, léger. Tout est léger, mes bras, mes jambes...

« Mmmam, mammm... » C'est Sandrine qui chante doucement. Je n'ai pas peur. Je vais m'endormir...

Depuis que j'habite à la Maison des Enfants, je vais chez papa et maman deux jours une semaine sur deux, le samedi et le dimanche. C'est tout le temps comme ça, sauf à Noël et pendant les vacances. Cette fois, c'est l'Ascension, et les deux jours se sont transformés en quatre jours. Ils sont venus me chercher hier. Nous sommes vendredi, et il y a encore deux jours après aujourd'hui. Je me demande comment je vais faire. J'ai un peu mal au ventre.

Dans ma chambre, maintenant, il y a un grand lit comme celui de papa et maman. Et il y a des choses accrochées aux murs, des tableaux. Et aussi une armoire, un fauteuil et une petite table. Le coffre à jouets est rangé au fond de l'armoire. Ce n'est plus ma chambre. Ils m'ont dit que je ne pouvais plus rester dans une chambre de bébé à quatorze ans, bientôt quinze. Dans la voiture, ils m'avaient annoncé une surprise. La surprise, c'était ça. Hier, je n'ai pas pu rester dans cette chambre pour dormir. Il n'y avait plus ma place. Ce matin, je me suis réveillée dans ma poussette au milieu du salon. Il faisait déjà jour, mais ils dormaient encore. Je suis descendue de mon carrosse sans faire de bruit et je suis allée voir cette nouvelle chambre. Vraiment tout a changé. Sauf le lustre au plafond et mon gros oreiller au milieu du lit que j'ai remis à sa place habituelle, par terre.

J'ai pu facilement ouvrir les portes de l'armoire. Dedans, il n'y a que mon coffre à jouets qui était sous la fenêtre avant, quand j'étais petite. Assise dans l'armoire, je prends un à un tous les jouets et je les lance dans la pièce. Il y a des cubes qui vont rouler sous le lit. Des Lego aussi. En tirant très fort, j'arrive à arracher les bras du nounours en peluche, et aussi les yeux, les oreilles... Bientôt, la poupée n'aura plus de tête, et sa tête, plus de cheveux. Il y a des détritus partout maintenant. Et le coffre à jouets est presque vide. Je contemple le travail. Je n'ai plus du tout mal au ventre. Encore les dernières balles en caoutchouc et papa et maman vont pouvoir jeter ce coffre à jouets qui ne sert plus à rien.

Pas normal, ça ! Papa vient d'arriver à ma maison des enfants, et ce n'est pas le jour prévu pour venir me chercher. Il est allé directement dans le bureau de la directrice. Pendant qu'ils parlent tous les deux, moi j'attends. Je sais qu'il va se passer quelque chose. Un petit moment plus tard, la psychologue vient les rejoindre. Bon, attendons. Ca y est, la psychologue vient me chercher et m'emmène dans le bureau en m'expliquant que mon papa a quelque chose à me dire.

« Bonjour ma chérie, comment vas-tu ? »

C'est sûr, il n'est pas venu pour me dire ça. J'attends la suite.

« J'ai une mauvaise nouvelle à t'annoncer. Une très triste nouvelle. Ta mamie, ma maman est morte hier soir. Elle a fait un avécé et elle n'a pas survécu ».

Survécu ? J'ai déjà entendu ça. Est-ce que ma sœur et moi, on a eu un avécé ? Alors, je serais la seule à survivre aux avécés dans cette famille ?

« Tu es grande maintenant. J'aimerais que tu sois présente à la cérémonie. Je viens pour te parler de ça aussi. La cérémonie sera longue et il y aura beaucoup de monde. Tout le monde sera silencieux. Tu devras être silencieuse toi aussi, et rester tranquillement entre maman et moi. Nous veillerons constamment sur toi. Tu ne risqueras rien ».

Je ne comprends rien à ce qu'il me raconte. Sauf que je vais avoir peur.

« Tout à l'heure, Madame Xlchlob (je ne me souviens jamais de son nom), la psychologue, t'expliquera et te racontera comment se passe une cérémonie de funérailles. J'aimerais beaucoup que tu sois avec nous pour ce moment difficile et important. Si tu crois que ce sera trop compliqué pour toi, tu peux décider de ne pas venir. Je ne t'en voudrai pas. Nous devons tous finir un jour. Nous ne reverrons plus jamais ta mamie ».

Et il m'embrasse sans que j'aie le temps de réagir.

C'est vrai, Mamie, je ne l'ai pas beaucoup vue. Si je ne la vois plus jamais, ça ne va pas changer énormément. Elle ne venait jamais chez nous, et, une fois ou deux par an, un dimanche après midi nous allions dans sa maison près de Lyon. Une grosse maison avec un jardin et de grands arbres, et un petit chien blanc frisé qui aboyait tout le temps. Quand il était assez près, je lui donnais un bon coup de pied. Mais ça ne le faisait pas taire. Ma mamie non plus d'ailleurs. Elle parlait tout le temps. Ce n'était même pas la peine de l'écouter. Un jus d'orange et quelques gâteaux que j'écrasais dans mes doigts, et je voulais rentrer chez nous.

Je crois bien que je n'ai pas envie de revoir Mamie.

Le Château, premier jour

Papa marche devant en tirant une grosse valise à roulettes. Moi, je suis dans mon carrosse, poussée par maman. Quelqu'un marche à côté d'elle en expliquant des choses. C'est un grand couloir avec des portes tout le long. Nous allons vers ma chambre, tout au fond. C'est bien, je ne vois personne. Aujourd'hui, ils m'installent au Château. C'est un foyer pour les jeunes adultes comme moi, paraît-il. Je ne connais pas de jeunes adultes comme moi. Ils disent que je suis trop grande pour rester encore dans la maison des enfants et que j'ai de la chance d'avoir une place ici. Ici ou là-bas, quelle différence ? J'ai peur partout et je ne sais pas ce que c'est que la chance. Ils disent que je serai bien dans ce foyer. Comment le savent-ils ? Pour le moment, je me cale bien au fond de ma poussette. Là, ça va. Mais ça ne va pas durer.Ca ne dure jamais.

Voilà ma chambre. Une fenêtre, un lit, un placard et une salle de bain sans la baignoire mais avec une grande cuvette de vécé juste en face de la porte. Maman a ouvert la valise à roulettes et elle remplit les étagères du placard en parlant avec le quelqu'un. On ne s'occupe pas trop de moi pour l'instant. Tant mieux. Je regarde tout ce que je peux. Papa ne dit rien. Il regarde aussi. Les murs, la porte, la fenêtre et ce qu'il y a dehors. Depuis mon carrosse, je ne vois que les nuages dans le ciel.

« Cassandre, tout à l'heure, je vous ai dit mon nom. Vous en souvenez vous ? »

Tiens, le quelqu'un me parle. Elle s'appelle Chloé. Je me souviens que je l'ai griffée quand elle m'a aidée à sortir de la voiture de papa et maman. Elle est restée à côté, juste un petit peu loin, et elle m'a parlé doucement. C'est comme ça que je sais comment elle s'appelle. C'est la première personne qui me dit vous. C'est bizarre. On dirait qu'elle parle à quelqu'un d'autre.

« Aujourd'hui, c'est moi qui vais m'occuper de vous... »

Voilà qu'elle recommence. Elle s'adresse à moi comme elle parle à papa et maman. C'est peut être comme ça aussi qu'on parle aux jeunes adultes.

« Je vais vous faire visiter ce nouvel endroit, la salle de séjour, la cuisine et la salle à manger, la salle des loisirs. Nous irons aussi, si vous voulez bien, faire un tour dans le parc. Je répondrai à toutes vos questions. Allez, je vous emmène ».

Cet endroit est nouveau. Et je ne me reconnais pas. « Cassandre, vous... » Moi, c'est «Tu». Dans mon carrosse, je marmonne « Tuuu, Tuuu, Tuu...Tu tues... ».

Tiens, je n'y avais jamais pensé !

Dans la salle de séjour, accrochée au mur, il y a une télévision. Elle est tout le temps allumée, mais ils ont coupé presque complètement le son. Elle ne dérange personne. Ma place préférée, c'est en dessous de ce grand écran. Adossée au mur, je regarde ceux qui regardent la télévision. Comme ça, je peux voir tout le monde dans la salle de séjour. En fait, personne ne regarde vraiment. C'est plutôt la télévision qui les regarde, comme moi. Mais elle, elle ne surveille rien. Elle n'a pas peur. Elle distribue juste des images qui bougent. Et personne ne s'en occupe.

C'est le moment de détente après le repas. Cela veut dire, qu'il n'y a rien à faire. Si on veut, on peut aller faire la sieste dans sa chambre. Et pendant ce temps là, les quelqu'uns boivent du café et parlent dans leur bureau dont ils ont laissé la porte ouverte.

Devant la télévision, ça ne parle pas. Il y en a un qui est allongé sur un canapé. Il est très très grand. Il prend toute la place. Il regarde le plafond et il rit en faisant bouger ses mains devant ses yeux. Assise à la table derrière, une autre tourne les pages d'un catalogue. Quand elle a fini, elle recommence, et ses yeux ne quittent jamais le catalogue. A une autre table, il y en a deux qui sont assis. Ils ne font rien. Ils n'attendent même pas. Ils sont seulement collés sur leur chaise, sans bouger et le regard dans le vide. Et puis, il y a ceux qui bougent, qui marchent dans la pièce. Le plus énervant ne tient pas en place. Il va voir tout le monde. Il touche les cheveux, donne une tape sur l'épaule ou sur la tête, attrape un livre et le repose un peu plus loin. Il essaye d'ouvrir la fenêtre fermée et il ferme la fenêtre ouverte. Il ne s'approche jamais de moi. Il a vite compris qu'il ne faut pas. Il y en a un autre qui marche le long du mur en face. Il fait sans cesse ses allers retours. Il faut toujours qu'il touche le mur du bout des doigts, et si une chaise fait obstacle, il donne un coup de pied dedans pour pouvoir passer.

Tiens, dans le couloir au fond, je viens de voir passer Samson, accompagné de quelqu'un. Samson ne se déplace jamais seul. Sinon il balance les chaises et il renverse les tables. Je crois qu'il veut toujours être avec quelqu'un.

Et moi, calée contre le mur sous la télévision, je suis la maîtresse de mon monde.

La salle à manger

Manger...

Dans la salle, j'ai une table pour moi toute seule, contre le mur du fond. Bien serrée dans ma serviette attachée au dossier de ma chaise, avec mon tablier par-dessus, je les vois tous. Ils mangent à la même grande table, en silence, sans se regarder. Sur le mur, au dessus de ma tête, la pendule fait ses cloc, cloc. J'aime bien ce bruit tranquille et régulier qui n'arrête jamais et se moque de tout ce qui se passe autour. Je serre fort ma cuillère dans ma main. Ils disent qu'un couteau et une fourchette, ce serait trop dangereux. Il n'y a encore rien dans mon assiette, mais j'ai déjà démoli ma tranche de pain avec la cuillère. Il y a des petits morceaux de mie partout sur la table et par terre. Attendre, ça m'est égal si je peux faire quelque chose. Quelqu'un va venir remplir mon assiette. Aujourd'hui, c'est Chloé. C'est elle qui m'a installée sur ma chaise avant que les autres arrivent. Après la salade de tomates, c'est riz et poisson. Elle n'aura pas besoin de couper ma viande en petits morceaux. Avec ma cuillère je peux détruire la tranche de poisson toute seule. A l'autre bout de la salle, Samson a essayé de jeter son assiette. Alexandre qui s'occupe de lui l'a emmené dans sa chambre. Il reviendra manger plus tard, quand tout le monde aura fini. Je crois que j'aimerais bien manger avec

Samson. Voilà mon assiette de salade qui arrive. Les morceaux sont déjà coupés. Avec ma cuillère je me débrouille assez bien. Chloé reste un moment à côté de ma table. Pourquoi me regarde-t-elle comme ça ? Il faut qu'elle s'en aille vite, sinon l'assiette va voler. Je sens que dans mon ventre, ça devient dur et que mes dents se serrent. On dirait qu'elle a compris. Elle retourne vers la cuisine. C'est mieux comme ça. J'écrabouille encore un peu les morceaux de pain autour de l'assiette. Il y a à manger partout sur la table. En attendant le poisson, bien calée sur ma chaise, j'écoute la pendule qui dit cloc, cloc sans jamais s'occuper de rien. Je me laisse bercer par cette musique, ce cœur calme qui bat la mesure et me remplit la tête.

Je mange un peu de poisson. Avec ma cuillère, je fais des petits morceaux. Comme avec le pain, il y en a vite partout sur la table et par terre. Et des grains de riz aussi. C'est plutôt bon. Et avec ma pendule au dessus de ma tête, je suis bien. Les autres sont partis. Ils ont fini leur repas. Je reste toute seule dans la salle. Je regarde Chloé et Alexandre qui nettoient la grande table sans faire attention à moi, et j'écoute la chanson de mon amie la pendule.

Je veux rester encore un moment dans la salle à manger. Peut être que Samson va revenir.

«– Nous le savions au départ, et, depuis trois mois qu'elle est chez nous, nous l'avons tous constaté des dizaines de fois. Cassandre marche. Une démarche hésitante et désarticulée, certes, mais elle marche. Et pourtant, il n'y a pas moyen de la sortir de sa poussette. Et à chaque fois on se fait mordre et griffer, et dès qu'elle le peut, elle grimpe à nouveau dedans. – Cette poussette, c'est son trône, son refuge. En plus, elle exige d'être sanglée serrée, comme si il fallait qu'elle soit certaine de ne pas pouvoir en sortir.

– Son trône, je veux bien. Mais c'est aussi sa prison. Elle n'a aucune autonomie de déplacement et elle ne peut aller que là où nous décidons qu'elle doit aller.

– Elle sait nous dire, nous ordonner plutôt, là où elle veut être.

– Cette histoire de poussette, de carrosse comme disent ses parents remonte au début. Elle avait un gros retard de développement, mais elle était déjà inapprochable. La prendre dans ses bras tournait régulièrement au pugilat. Très tôt, ses parents l'ont installée dans une poussette, et elle y passait ses journées. C'était le plus commode pour aller de la chambre à la cuisine ou au salon, et, d'une manière générale, pour veiller sur elle.

– Les années ont passé. Vers trois ou quatre ans, ses parents ont découvert qu'elle marchait, mais ils ont conservé cette habitude de la poussette. Cassandre est restée une sorte de bébé royal et tyrannique. Ces enfants restent toujours pour leurs parents, un peu d'éternels bébés.

– Il est vrai que cela permettait aussi de contrôler au moins dans une certaine mesure les impulsions d'agressivité.

– D'ailleurs à l'IME où elle est restée plus de dix ans, ils ne se sont pas trop battus pour la décrocher de son siège.

– Elle va finir par avoir des escarres aux fesses, à force de rester assise comme ça tout le temps.

– On n'en est pas encore là. Pour moi, il est nécessaire que Cassandre accède à un maximum d'autonomie dans tous ses déplacements, même si cela doit lui faire affronter ses peurs d'être au milieu des autres comme tous les autres.

– Même et surtout...

– Je propose la chose suivante : Nous allons expliquer à Cassandre que dorénavant, sa poussette sera rangée au garage, avec les vélos. Elle ne servira que pour les balades à l'extérieur. Au moins dans un premier temps, quand elle ira chez ses parents, ce sera avec la poussette. Mais à l'intérieur du foyer, Cassandre devra se déplacer comme tout le monde. Et si elle a besoin d'aide elle pourra demander qu'on lui tienne la main.

– D'accord. Mais gare aux griffures et autres morsures... »

Ce matin, après la douche, Chloé m'a habillée comme tous les autres jours. Ensuite, elle s'est assise par terre, le dos contre le mur, et elle a commencé à me parler doucement et longtemps. Elle avait posé ses mains sur ses genoux. Elle me regardait attentivement. Et moi, j'étais debout en face d'elle, sans savoir quoi faire. J'étais obligée d'écouter. C'est de ma poussette qu'elle voulait parler. Elle disait que, quand j'étais dedans, tout le monde voyait que j'étais rassurée et que je me sentais forte, comme si j'étais juchée sur un cheval au milieu de la foule des autres. Elle disait aussi que cette poussette était une prison pour moi, que j'étais enfermée dedans et que je ne pouvais rien faire, aller nulle part. J'étais obligée d'attendre que quelqu'un veuille bien me déplacer. Et elle a terminé son discours : « C'est trop bête et trop injuste, quand on a la chance d'avoir des jambes, de ne pas s'en servir pour marcher. Je vais ranger cette poussette dans le garage des vélos, et si nous en avons besoin, nous pourrons toujours aller la chercher ». Ensuite, elle s'est levée et elle a quitté ma chambre avec la poussette vide.

Et moi, je suis restée clouée debout au milieu de ma chambre. Je regarde la porte qui est restée ouverte et j'attends. Chloé est partie depuis longtemps et elle ne revient pas. Elle ne va pas revenir, je le sens. Maintenant, je suis enfermée dans ma chambre avec la porte ouverte. L'heure du repas approche et j'ai faim. Mais impossible de bouger. Mes deux pieds sont collés sur le sol. Quand est-ce qu'elle va revenir, Chloé ? J'écoute les pas dans le couloir. Rien qui annonce Chloé.

Ca y est. Quelqu'un marche dans le couloir et vient vers ma chambre. C'est sûr, ce n'est pas Chloé. Je serre les poings et les dents.

C'est le Vieux Monsieur qui apparaît à la porte. Je ne sais pas son nom. C'est Samson qui l'appelle comme ça. Il toque sur le montant et entre. « Bonjour Cassandre. Aujourd'hui, je viens te chercher pour le repas. Si tu veux, je te donne la main et je t'accompagne tranquillement jusqu'à la salle à manger. Nous marcherons doucement ».

C'est bizarre. Ici, tout le monde me dit « vous ». Il n'y a que lui qui me tutoie. Peut être parce qu'il est un vieux monsieur.

Encore plus bizarre, je lui donne la main et nous allons tous les deux à la salle à manger... Et Chloé m'installe sur ma chaise.

Mon carrosse. C'est papa qui l'appelle comme ça. Souvent, quand on se promène dans la rue j'en vois, avec un bébé dedans. Il y en a avec quatre roues, d'autres avec trois roues, poussés par un papa ou une maman. D'habitude on dit une poussette. Mais pour papa, c'est mon carrosse. C'est presque toujours lui qui pousse. Et moi dedans, bien calée et attachée serrée. Nous fonçons sur le trottoir au milieu des autres, et toujours, ils s'écartent de mon chemin. J'aime beaucoup ça. Vroum. Poussez-vous. Sinon je vous écrase. Dans mon carrosse, poussée par papa, je n'ai pas peur. Tous ces quelqu'uns, ils me regardent avec de grands yeux, et ils dégagent. Et moi, attachée serrée, vroum. Je fonce.

Surtout, il ne faut pas s'arrêter. Sinon, c'est la panique. Je vois les autres qui foncent sur moi, qui passent tout près. Je les regarde le plus fort que je peux, les dents serrées. Je suis prête à les mordre. J'ai de la chance. Ils continuent toujours leur chemin. Ils me regardent, mais ils ne me parlent jamais. Pourtant, je sais bien qu'ils m'ont vue. C'est comme ça que j'ai compris que je sais faire peur avec mes yeux.

A la maison, mon carrosse, c'est mon trône. Quand je suis avec papa et maman, je suis toujours assise dedans, bien serrée. Ils pensent peut être que c'est plus facile pour aller de la chambre à la cuisine. Avec papa et maman, c'est comme si je ne savais pas marcher, comme si j'étais encore un bébé. Et moi, j'aime bien être bien serrée. Alors tout le temps, avec eux, je trône dans mon carrosse.

Quand je suis arrivée au foyer, je passais mes journées dans ma poussette. Il n'y a que papa qui l'appelle mon carrosse. Mais c'est différent maintenant. Ils ont décidé de me faire marcher tout le temps. Au début, je ne voulais pas. Il y avait toujours quelqu'un qui me parlait pour m'encourager. Et ça, je déteste. J'ai crié. J'ai frappé, craché. J'ai mordu aussi. Finalement, j'aime bien, parce que je peux aller où je veux et toujours me tenir au meilleur endroit, là où je peux voir tous les autres. Maintenant, mon carrosse est rangé dans une sorte de garage et il y reste presque tout le temps. Il n'en sort que quand papa et maman viennent me chercher. Et, avec eux, je le retrouve. Et Vroum.

Ce qui me fait le plus peur. Faire caca. Surtout dans les toilettes. La bouche, le trou pour manger, ça va. Et puis j'ai des dents. Souvent j'aime bien quand c'est sucré... ou salé. Pour pipi, c'est plus difficile. Je n'aime pas. Je me retiens tout le temps, mais ça part dans la couche tout seul. Je ne peux rien faire. Tant pis.

Le plus terrifiant, c'est caca. Là, je ferme tout. J'essaye même de ne pas respirer, mais ça ne marche pas longtemps. Quand dans le ventre, ça tortille, ça vrille, je serre les poings. Si je peux, je mords quelqu'un. Et souvent je gagne. Je garde tout dedans. Sinon, c'est tout qui peut partir. Mes poumons, mon cœur, mon cerveau... Je risque de devenir vide. Plus rien dedans. Plus de Cassandre...

Chaque jour, et même plusieurs fois, il y a quelqu'un qui vient m'attaquer pour caca. Et puis les toilettes. Ce grand trou sur lequel on peut s'asseoir. Et ce bouton. Quand on appuie dessus, tout s'en va dans un grand bruit. Après, plus rien. Où c'est parti ? Maman ! Je ne veux pas tomber au fond. Au fond, il y a toujours un peu d'eau. J'aime bien jouer avec. Maman dit que je ne dois pas patauger là.

Au foyer, il y a quelqu'un que j'aime bien. Elle s'appelle Chloé. Comme les autres, elle veut que je fasse caca. Mais avec elle, j'ai moins peur. Chloé s'installe sur les toilettes, bien au fond, les jambes écartées. Du coup, le trou est plus petit. Je peux m'asseoir dessus sans crainte, le dos bien calé contre son ventre. Et là, elle me parle doucement. Elle chante des chansons. Elle me caresse le ventre. Je deviens toute molle. Dedans, c'est calme... Et ça part tout seul. Et je suis toujours là, contre son ventre. On dirait qu'elle est contente. Je n'ai pas eu trop peur. Alors elle me rhabille, et il faut appuyer sur le bouton. Un grand bruit. Tout s'en va. J'ai peur.

Le Château, printemps 2015

Aujourd'hui, papa vient me chercher. Ensuite, il m'emmènera chez eux. Ils disent « à la maison ». La maison, c'est un joli endroit. C'est là que papa et maman habitent. De temps en temps ils viennent me prendre là où j'habite et m'installent chez eux. En général je dors une nuit et ils me ramènent le lendemain. A côté des wc, il y a une pièce. Ils disent que c'est ma nouvelle chambre. Dedans, il y avait un lit. Comme je dors tout le temps par terre, le dos contre la porte, ils ont enlevé le lit. A la place, il y a une espèce de couette, des couvertures et des coussins entassés. Je fais mon nid au milieu, le dos bien calé contre le mur. Des fois, je suis bien. Je chante. « Mammm, Mmamm... ». Ils crient. Ils ne peuvent pas dormir. Je suis bien. Je chante. Des fois, je ne sais pas ce qui se passe, et papa vient me réveiller à l'heure du petit déjeuner. Il a l'air content. Pour aller à la cuisine, il m'installe dans mon carrosse. C'est toujours la même sorte de poussette à trois roues dans laquelle on promène les bébés. Ils disent qu'avec le carrosse, c'est plus facile pour se déplacer parce que je ne sais pas bien marcher, paraît-il. Chez papa et maman, c'est toujours le carrosse, sauf pour pipi et caca, et aussi pour le bain. Je suis presque tout le temps dans le carrosse, avec la ceinture de sécurité. Ils disent que c'est pour que je ne tombe pas. Je crois vraiment que papa et maman aiment bien me voir dedans.

Tout à l'heure, il va venir avec. Et j'irai jusqu'à la voiture de papa en carrosse... peut être en chantant. Au foyer, là où j'habite, je marche toute seule, pieds nus. Je ne tombe jamais. Il y en a qui tombent souvent. Les quelqu'un disent qu'ils font des crises d'épilepsie. Pas moi. Je fais des crises de rire, des crises de colère, des crises de ventre, des crises de je ne sais pas quoi. Je ne fais jamais de crises d'épilepsie. Tant mieux, parce qu'à chaque fois, il y a quelqu'un qui se précipite sur lui et qui le tripote pour que ça s'arrête. Et ça, ça me fait très peur. Quand quelqu'un s'approche, je crache, j'attrape, je mords. Si ça continue, je tue. Il ne faut pas s'approcher comme ça. Jamais quelqu'un ne l'a fait vraiment. Jamais quelqu'un ne m'a tripoté pour que je me calme. Alors, je n'ai jamais tué quelqu'un. Ils sont comme moi peut être. Ils ont peur aussi.

Je ne sais pas si les filles, c'est mieux que les garçons ou le contraire. On dirait qu'elles ont moins peur de moi. Ou alors, c'est moi qui ai moins peur d'elles. Dans la salle à manger, j'ai mon coin, sous la pendule. De là, je peux regarder tout le monde, juchée sur ma chaise haute derrière ma table. Les autres mangent ensemble, côte à côte, comme les vaches à l'étable. Je l'ai vu un jour. Ils nous avaient emmenés visiter une ferme. C'était il y a longtemps. J'habitais dans un autre foyer. J'étais plus petite. Enfin plus jeune. J'ai toujours été petite et je resterai petite tout le temps. Je ne peux pas grandir. Maman dit que j'ai décidé de rester son bébé. 20 ans, 1 mètre 26. Personne ne s'approche. A table, je lance toujours de la purée ou des pâtes autour de moi, sur la table et par terre. Comme ça, ils restent un peu loin. Et s'il le faut, je jette l'eau de mon verre. Tout le temps, je regarde. Je ne les quitte pas des yeux. Eux ne me regardent jamais. On dirait que je leur fais peur.

Au foyer, il y a un quelqu'un qui n'est pas comme les autres. Il ne vient pas souvent, il regarde beaucoup et il parle un peu. Il parle toujours d'autre chose, et en même temps on comprend ce qu'il dit. Enfin on croit. Samson l'appelle le Vieux Monsieur. C'est vrai qu'il n'est pas tout jeune. Il paraît que c'est un docteur. Mais il n'a pas de blouse blanche, pas d'outil pour écouter le cœur, et il ne nous tripote pas. Je ne l'ai jamais mordu. Juste craché dessus quand il est venu me dire bonjour la première fois. « Dégage ! ».

Je me demande ce qu'il vient faire là. A quoi il sert. Les autres quelqu'uns lui parlent beaucoup. Surtout Chloé. On dirait qu'ils l'attendent pour lui parler. Il ne fait rien d'autre avec eux. Même pas boire un café.

Une fois par semaine, il vient avec des boîtes en carton jusque dans la chambre de Samson qui l'attend. A ce moment là, Samson ne hurle pas. Il ne renverse pas les tables non plus. Dans sa chambre, ils construisent ensemble une espèce de mur en carton. Souvent la porte reste ouverte. Je passe dans le couloir et je jette un coup d'œil. Le mur monte jusqu'au plafond. On peut se cacher derrière. J'aimerais bien pouvoir me cacher dans ma chambre.

Un jour, ça a crié et ça a fait du bruit. Quand je suis passée dans le couloir, le mur était tout effondré par terre. Ils avaient l'air bien embêtés. Quand je suis repassée devant la chambre, ils empilaient à nouveau les boîtes. Le Vieux Monsieur parlait doucement, sans doute d'autre chose.

J'aime bien, moi aussi, casser les choses. Mais si j'avais un mur en carton dans ma chambre pour me cacher derrière, je ne le casserais pas, c'est sûr.

Ma chambre est au bout du couloir. Le couloir, c'est mon couloir. Souvent, je reste debout, le dos contre le mur, et je regarde. Si quelqu'un approche, « Dégage ». Presque toujours, il ouvre la porte d'une chambre et disparaît du couloir, de mon couloir. Je respire mieux. Le dos contre le mur, je suis très forte et je n'ai presque plus peur. Quand il n'y a personne en vue dans le couloir, je peux marcher jusqu'à l'autre bout. Surtout, il ne faut pas que quelqu'un arrive derrière moi. Vite, je colle mon dos au mur, le temps qu'il dégage. S'il approche, je crache et je mords.

Je marche dans mon couloir seulement pour aller dans la salle à manger, ou bien pour voir le mur en passant devant la chambre de Samson, quand le Vieux Monsieur est là. Je préfère rester au bout, contre le mur, à côté de ma chambre, et regarder si quelqu'un approche. C'est mon travail en somme.

Maintenant, c'est balade. J'aime bien monter dans le minibus. Tout le reste, je déteste. J'ai trop peur. Je monte toujours la première et je m'installe tout au fond. Comme ça, je peux voir tout le monde. Il n'y a jamais personne à côté de moi parce que je frappe, je crache et je mords. Quand ça roule, ça change tout le temps. Les maisons défilent, tout défile. Par la fenêtre je regarde le paysage qui passe. Quand ça ne roule pas, parfois il y a quelqu'un sur le trottoir qui me regarde. Bien calée sur mon siège, avec mes yeux, je le tue. Il finit toujours par disparaître.

Quelqu'un a dit qu'on allait dans la forêt. La forêt, c'est mieux que la cafétéria. Souvent, il n'y a personne. Personne qui me regarde. Je marche toujours la dernière. Je les vois tous devant moi. Ils me tournent le dos. Comme ça, ça va.

Le minibus s'arrête au bout du chemin. Deux voitures sont déjà là. Je ne quitterai pas mon siège. Je resterai collée. Si quelqu'un approche, je le mords. Personne ne m'enlèvera mon harnais. Je regarderai par la fenêtre du minibus. Le chemin, le ciel, les arbres et leurs branches qui se balancent dans le vent, les fleurs dans l'herbe, les oiseaux, peut être un lapin. Je ne bougerai pas. Si quelqu'un passe et s'il me regarde, tant pis pour lui. Le harnais me tient bien serrée dans le siège. Je sens mes bras et mes jambes, attachés. C'est comme une armure qui me contient et me protège. Mon corps tient ensemble et je n'ai pas froid. Peut-être que je suis quelqu'un moi aussi. Non, je serai quelqu'un quand personne ne me regardera, quand je n'aurai plus peur.

Tiens, voilà justement quelqu'un qui sort du bois, avec une espèce de sac accroché à l'épaule. Il ne m'a pas vu. Tirer fort sur le harnais, regarder fort... Surtout ne pas bouger. Lui, il ne regarde rien. Il parle dans son téléphone portable, monte dans sa voiture et s'en va. Il ne m'a pas regardée, il n'a vu personne. Je peux exister.

Le Château

Le soir, dans mon lit, c'est abominable. Il fait nuit, et ils sont tous là. Ils me regardent, je les sens, et je ne les vois pas. Papa, maman, et tous les autres... Sûr, ils vont me dévorer. J'essaie bien de chanter. « Mmamm... Mammm... ». Ils me regardent toujours. Quand je crie, quelqu'un vient. Il crie aussi. Et après, ça recommence pareil. Je ne sais plus où sont mes mains, mes jambes. Et dans le ventre, ça va craquer. Je regarde le plus fort que je peux. Ils sont toujours là. Ils vont me prendre, me toucher. J'ai trouvé ma main. Je la mords. Je me retrouve un peu. Ca s'apaise un moment et ça recommence. Par terre, le dos contre la porte, ce sera mieux. Bien dur. Au moins je sentirai quelque chose. Couchée là, j'appuie bien fort, le plus fort que je peux. Pour ne pas partir en lambeaux. Tout doucement, ça vient ; ça part des épaules, ce balancement qui fait cogner la tête. Bom, bom, contre le mur. Bom, bom. Et je chante « Mammm... Mmammm... ». Sans crier. Est-ce que c'est çà, dormir ? En tout cas ils sont partis. Bom,bom. Je ne suis plus toute seule. Le mur est là, tout contre mon dos, et ma tête qui cogne, cogne, cogne...

Je ne sais jamais comment ça finit. Et puis quelqu'un entre dans ma chambre et ouvre les volets. Il fait jour. Ma tête me fait un peu mal et j'ai froid. Il faut se mettre debout et changer la couche. Passage obligé à l'infirmerie pour soigner la bosse sur le front et parfois nettoyer la plaie. Une nouvelle journée commence.

Dans mon couloir, j'ai croisé tout à l'heure le Vieux Monsieur qui se dirigeait vers la chambre de Samson. Aujourd'hui c'est vendredi. C'est son jour. Il vient voir Samson et c'est toujours pareil. Tous les deux ils installent des briques en carton dans la chambre. Ils fabriquent une sorte de mur... pour que Samson se cache derrière, je suppose. Depuis ma chambre, je les entends parler. Je ne comprends pas ce qu'ils se disent. En fait, ça m'est égal. Mais à chaque fois j'y pense. J'aimerais bien moi aussi un mur chez moi, avec une petite fenêtre pour surveiller la porte. Mais pas un mur en boîtes de carton. Quelque chose de solide contre quoi je pourrai m'appuyer bien fort.

Maintenant à côté, ça ne parle plus. Samson braille. Il braille pour ne rien dire. Ahhh ! Ahhh ! Ahhh ! Le Vieux Monsieur continue de parler, pas plus fort que d'habitude. Et l'autre... Ahhh ! Ahhh !. Quand il commence comme ça, ça peut durer des heures. Je me souviens, chez papa et maman, de temps en temps, on entendait brailler les sirènes. J'aimais bien. Papa disait que ça voulait dire qu'il était midi et que c'était le premier jeudi du mois. Il disait aussi que c'était pratique pour régler sa montre. Samson braille n'importe quand. Il s'en fiche complètement de l'heure. J'aime bien quand même. Et puis l'heure, ça ne sert à rien.

Assise par terre, le dos calé contre le mur, j'écoute ce qui se passe chez Samson. Tout à coup, il y a un grand remue ménage et un beau vacarme. Et puis, le silence. Tout s'est arrêté. Un silence de mort. C'est sûr, le Vieux Monsieur a fait taire Samson. J'ai bien envie d'aller voir ça. Est-ce qu'ils respirent encore ? Allons faire un tour dans mon couloir.

La porte de la chambre de Samson est ouverte comme d'habitude. Ils sont là tous les deux, debout devant un tas de boîtes en carton éparpillées un peu partout dans la pièce. C'est beau. Fascinés par le chantier, ils ne font pas attention à moi quand je m'approche. Dans un coin, il y a encore quelques boîtes qui sont restées empilées. C'est obligé. Je donne un coup de pied dedans. Voilà. C'est fini. J'entends le Vieux Monsieur : « Et maintenant, qu'allons nous faire ? Si tu veux, je propose que nous construisions un autre mur ». Et Samson qui ne braille plus : « D'accord. Jusqu'au plafond ». Je les regarde empiler les boîtes avec application. Aucun des deux ne m'a vue, on dirait. En quelques minutes ils ont fait un mur qui va jusqu'au plafond. Et Samson a l'air content.

« C'est fini maintenant. Viens avec moi Cassandre ». Et le Vieux Monsieur me prend par la main. Je ne sais pas pourquoi. Je n'ai même pas envie de le mordre.

Le Château

Mais que lui arrive-t-il aujourd'hui ? Elle est intenable, infernale. Elle a déjà mordu Annie, notre femme de ménage qui lui apportait le petit déjeuner. Je ne peux pas l'approcher. Elle m'attrape, me pince et me griffe. Dans sa chambre, tout est sens dessus dessous. Les draps, les couvertures, les vêtements sont en tas. Un chantier indescriptible dont Cassandre est la reine. Campée sur ses petites jambes, elle surveille la porte et hurle « Dégage, fous le camp ! » dès qu'on met la main sur la poignée.

Ce n'est pas la première fois qu'elle se met dans un état pareil. Simon, notre psychiatre dit que dans ces moments là, Cassandre a mal quelque part. Il ajoute que ce n'est pas nécessairement une douleur physique. La douleur morale, la souffrance psychique, les angoisses de morcellement, la dilution de soi sont autant d'expériences terrifiantes pour Cassandre qu'elle ne sait comment affronter. Elle devient alors une furie détruisant tout ce qui est à sa portée. Il prétend qu'il n'y a pas d'autre façon de l'aider dans ces circonstances que de l'envelopper, de la serrer fort, comme un bébé dans son lange. Je voudrais bien l'y voir. Moi, je ne sais pas comment on fait pour dorloter un chat sauvage enragé. L'autre jour, Simon me disait : « Chloé, vous êtes la seule parmi nous tous ici, capable de rassurer Cassandre. Il n'y a qu'avec vous qu'elle accepte de faire la paix avec son ventre. Elle n'a pas peur de se vider et de disparaitre dans le tourbillon des toilettes ». Il est bien gentil Simon. Mais là, Cassandre ne paraît pas décidée à faire la paix avec qui que ce soit autour d'elle, avec quoi que ce soit à l'intérieur d'elle. Derrière la porte, j'entends ses cris et ses gémissements, et aussi sa tête qui cogne contre le mur. J'ai mal pour elle. La chanson de Cassandre a commencé. On dirait : « Maman... Maman ». Et ça cogne, comme le tic tac d'une infernale pendule. Ouais, Simon dit que je suis la seule... Je n'ai pas envie d'être la seule. J'ai besoin d'aide. Simon aidez moi, s'il vous plait. J'ai vraiment besoin de votre aide. Il ne faut pas me laisser comme ça avec Cassandre. Vous pouvez bien m'accompagner un peu. Vous avez fait plein d'études savantes. Vous savez des tas de choses que j'ignore et que je ne comprends pas. Mais moi, je sens la détresse et la souffrance de Cassandre dans ma tête et dans mon corps. Et ça fait mal. Simon, aidez moi !

Le Château

Je le vois bien, Chloé n'est plus la même à chaque fois que le Vieux Monsieur vient faire son tour chez nous. Comment s'appelle-t-il au fait, ce Vieux Monsieur ? Samson l'appelle comme ça, mais je suis sûre que ce n'est pas son nom. J'écoute autant que je peux quand Chloé lui parle, mais elle dit toujours « vous ». Ce n'est pas un nom ça. Elle a toujours quelque chose à lui dire. Et elle le regarde, elle le regarde. Et elle lui parle, elle lui parle... C'est énervant à la fin. Lui, il la regarde aussi, mais il regarde tout le monde, quand un quelqu'un passe dans mon couloir par exemple. Il me regarde aussi de temps en temps. Je n'aime pas ça du tout. Il faudra que je demande à Chloé comment il s'appelle ce Vieux Monsieur. Et aussi ce qu'il vient faire ici, un petit moment de temps en temps.

A chaque fois, qu'il me parle, ça commence toujours pareil. « Bonjour Cassandre », et après il y a une réponse à une question qu'il ne m'a pas posée. « Je vois à ta bosse sur le front que la nuit a été difficile pour toi », ou bien « Si tu as l'air en colère comme ça, c'est peut être qu'il y a trop de monde autour de toi. Tu ne peux pas surveiller comme tu veux ». Souvent il se trompe, mais pas beaucoup en général. Moi, je ne réponds jamais. Je regarde, et je parle d'autre chose. Papa et maman par exemple. Là, c'est simple. Ils vont venir ou ils ne vont pas venir. Et ça, je le sais. Pas lui. Et puis Chloé lui dit quelque chose et le regarde, et c'est avec elle qu'il parle ensuite. Quand il s'en va, il ne dit jamais « au revoir », et souvent, Chloé le raccompagne jusque dans la cour. Elle met longtemps à revenir.

Chaque semaine, il vient voir Samson qui l'attend dans sa chambre. Ils parlent un moment. Ils construisent des trucs et ils les démolissent. Et puis ils recommencent. Samson dit qu'ils font le mur.

Ce Vieux Monsieur, c'est un drôle de type. Il fait des trucs que personne ne fait et tout le monde le laisse faire. On dirait que pour lui, tout ça c'est normal. Et puis il n'est presque jamais là, et il connaît tout le monde. Tout le monde lui parle et ça n'étonne personne. Samson m'a dit que c'est un docteur. Je me demande. En tout cas, il ne m'a jamais écoutée avec un... télescope, je crois, et il ne m'a jamais tripotée. Moi je ne l'ai jamais griffé et jamais mordu. Juste une fois, je lui ai craché dessus. Il ne m'a pas demandé pourquoi je faisais ça. Il m'a juste dit qu'il s'était sûrement trop approché. Là, il ne s'était pas trompé.

C'est vrai qu'il voit et qu'il comprend beaucoup de choses. Peut être que les docteurs sont comme ça. Est-ce qu'il voit que quand il est là, Chloé ne me regarde plus ? Est-ce qu'elle sait comment il s'appelle ?

Le Château

J'ai parlé avec Samson. Je ne croyais pas que c'était possible. D'abord parce que, au Château, personne ne parle avec personne. Il n'y a que les quelqu'uns qui parlent avec nous, beaucoup. Et nous, avec eux, pas beaucoup. D'abord, c'est difficile de parler. C'est bien plus simple de casser, de chanter ou de crier.

Et puis, au début, Samson disait tout le temps que, quand j'étais petite, j'avais dévoré ma maman et mon petit frère. Je me demandais comment il pouvait savoir ça. Il ne savait même pas comment je m'appelle quand il est arrivé au Château avec sa démarche d'automate déglingué. Il ne regardait rien. Il renversait juste les tables et les chaises. Souvent aussi, pendant les repas, il jetait son verre et son assiette. Comme moi. En tout cas, il avait bien compris qu'il ne fallait pas qu'il s'approche de moi. Je le regardais tout le temps le plus fort que je pouvais, et il restait avec les tables et les chaises.

Dans sa chambre, juste à côté de la mienne, tout avait été enlevé. Il ne restait que le lit, et la porte pour entrer. C'est peut être pour ça que le Vieux Monsieur est venu avec ses boîtes en carton. Pour mettre quelque chose dans la chambre.

Cela fait presque deux ans qu'il habite à côté de ma chambre. Il ne parle à personne, sauf aux quelqu'uns. Il ne s'intéresse plus aux tables et aux chaises depuis qu'il a ses boîtes en carton dans sa chambre. Il les tient empilées contre le mur, jusqu'au plafond. Et de temps en temps, il démolit tout. A chaque fois le Vieux Monsieur ou un quelqu'un l'aide à reconstruire. Quand je passe dans mon couloir, je regarde quand la porte est ouverte. Cette porte, elle est presque toujours ouverte. C'est comme ça que je sais.

Ce matin, nous sommes partis au village pour acheter du pain. Nous étions trois avec un quelqu'un. Comme d'habitude je marchais derrière et je surveillais les dos. Samson s'est arrêté de marcher pour lacer sa chaussure. Il s'est retrouvé presque à côté de moi. J'avais les poings serrés.

« Comment tu t'appelles ? » me dit-il. Et il a continué. « Tu t'appelles Cassandre ». Et puis « Où on va ? On va chercher le pain. Qui est ce qui nous accompagne ? C'est Chloé ». Samson a une drôle de façon de parler avec moi. Il me pose une question, et il me donne la réponse. C'est comme s'il parlait tout seul. Je fais pareil dans ma chambre avec ma petite balle en caoutchouc. Je la lance contre le mur, et je la rattrape. Comme ça je joue toute seule. Besoin de personne.

Nous avons marché comme ça jusqu'à la boulangerie. Il n'arrêtait pas de poser des questions et de donner les réponses. Moi, j'écoutais en marchant à côté de lui. J'avais moins peur. Et, c'est parti tout seul. Je lui ai parlé. « Le Vieux Monsieur, comment s'appelle-t-il ?

– Le Vieux Monsieur, c'est le Vieux Monsieur ».

« Ce matin, elle a encore frappé Géraldine et elle a essayé de la mordre. C'est infernal. Personne ne peut l'approcher.

– Au Japon, ils disent que pour ne pas prendre un coup, il suffit de ne pas être là quand il arrive. Qu'est ce qu'elle faisait là, Géraldine ?

– Elle lui donnait sa confiture contre la constipation après l'arnica sur le front, comme tous les matins. C'est vrai, avec Cassandre, rien n'est jamais facile, mais le pire, c'est le matin quand la journée commence.

– Tu veux dire quand la nuit se termine.

– ...

– Oui, pour nous tous, c'est difficile d'être avec Cassandre, mais pour elle, peut être que le plus difficile c'est la nuit, quand elle est toute seule, avec elle. Je voudrais comprendre pourquoi, chaque matin, nous la retrouvons couchée par terre, le dos contre la porte, comme si elle voulait empêcher quelqu'un d'entrer. Je voudrais savoir quels démons elle doit affronter dans son sommeil, quelles terreurs sont les siennes.

– Sur le carnet de bord, le veilleur a noté qu'hier soir, comme d'habitude, on l'a entendue chanter et cogner jusqu'à 23 heures sans pouvoir la calmer.

– Et ce matin, comme d'habitude, elle était toutes griffes dehors. Et, en guise de bonjour, on a eu « Dégage, tais-toi, va t'en », plus quelques crachats. Heureusement, nous aussi on a l'habitude. On a appris à éviter les coups.

Toi surtout. Ou alors, tu lui fais moins peur. Elle accepte que tu lui parles. Quand tu es en repos, elle te réclame. « Chloé, Chloé ». Tu es la seule capable de la faire aller à la selle.

– C'est bizarre, comment ça s'est passé. Un matin, je l'accompagnais dans le couloir vers la salle à manger. J'étais à côté d'elle. Elle me regardait avec son air à la fois terrorisé et féroce, prête à me sauter dessus. Je me suis mise derrière elle, la prenant par les épaules et je l'ai plaquée avec force contre moi. Tout de suite, j'ai senti cette petite boule de nerfs sur le point d'exploser se défaire et se reposer contre mon ventre. Nous sommes allées comme ça en nous dandinant jusqu'à la table du petit déjeuner. Je lui parlais doucement. Je racontais que c'était rigolo de marcher comme ça. Elle était presque souriante, en tout cas détendue. Il a quand même fallu que je l'attache bien serrée sur sa chaise. Et le petit déjeuner s'est passé dans le calme. Elle a même demandé une autre tartine. Au moment de retourner dans la chambre, Cassandre s'est plantée devant moi, me tournant le dos, et elle a demandé « Caca ». Et elle se tordait le cou autant qu'elle pouvait pour me regarder dans les yeux. Sans vraiment réfléchir, j'ai mis les mains sur ses épaules. Elle s'est plaquée contre moi et nous sommes parties comme ça jusqu'aux toilettes. Et ça a continué. Il a fallu que je m'assoie sur la cuvette bien au fond. Elle a quitté sa couche et s'est installée, le dos contre mon ventre. Et tout a fonctionné parfaitement. Pour finir, elle a applaudi comme l'aurait fait un petit bébé sur son pot. Et moi, j'étais en nage... »

Chloé m'a dit que, ce matin, quelque chose allait se passer qui me plairait sûrement. Je l'ai accompagnée avec quelques autres. Je ne suis pas rassurée. Heureusement, il y a Samson avec nous. Tout le monde est assis en rond sur des chaises au milieu de la grande salle d'activités. Moi, je reste à l'écart contre le mur. Je préfère. Je regarde Chloé et les autres quelqu'uns. Rémy, Isabelle, Julienne. Avec eux, il y a une dame que je ne connais pas. Je n'ai pas vu quand elle est entrée. Peut être qu'elle était là avant nous. Elle regarde l'assistance avec attention. Ses yeux brillent, grand ouverts. Elle a juste envie, on dirait, de connaître ceux qui sont là, mais elle ne parle à personne. Je sens que je vais avoir envie de crier. Et, tout doucement, un son, d'abord un peu hésitant, emplit la pièce. C'est la dame qui souffle dans une espèce de flûte en bois pour faire une note. Et elle commence une chanson, sans cesser de regarder tout le monde avec ses yeux qui brillent, même moi qui suis à l'écart contre le mur.

« Chantons, tous ensemble. Mon nom, c'est Françoise. Et toi, quel est ton nom ? »

Là, elle regarde Chloé. Comme le Vieux Monsieur, elle dit « tu ». Elle dit même « tu » aux quelqu'uns. Le Vieux Monsieur ne fait jamais ça. En tout cas, la chanson, je la connais un peu. Pas les paroles, mais la musique. Je l'ai déjà entendue à la radio dans la voiture de papa.

« Mon nom, c'est Chloé. Je suis bien ici. Et toi, quel

est ton nom ? » Chloé a d'abord hésité un peu, et elle a chanté. Je ne savais pas que Chloé chantait.

« Son nom, c'est Chloé. Elle chante avec moi. Chantons tous ensemble ». Et la dame regarde Julienne. Et ça continue… Chloé avait un peu raison. Je ne sais pas si ça me plait, mais c'est étonnant d'entendre les quelqu'uns chanter comme ça.

Maintenant ils chantent tous ensemble. « La, la, la… ». La dame Françoise se lève. Elle prend ses deux voisins par la main. Les autres font pareil, et ils dansent ensemble en chantant. Les résidents dansent aussi, mais ils ne chantent pas. Avec ses yeux noirs brillants, la dame les regarde et leur sourit. Mais elle ne leur parle pas. Juste, elle chante. C'est curieux. On dirait que cette dame Françoise ne sait pas parler. Elle ne fait que chanter.

Contre mon mur, sur ma chaise, tout bas, je chante moi aussi, rien que pour moi. « Mmmm, Mmamm… ». La dame m'a entendue. Elle vient vers moi en chantant doucement « Mmmm, Mmamm… ». Elle me sourit et elle me regarde. Je ne sais pas pourquoi, je n'ai pas peur. Les autres commencent à chanter aussi, pas fort « Mmmm, Mmamm… ». Même Samson. D'habitude, il braille.

Et puis, la dame se relève. « Je suis très heureuse d'avoir chanté avec vous. J'aime beaucoup chanter, mais pas toute seule. Si vous voulez bien, je reviendrai lundi prochain, et nous chanterons ensemble ».

Et elle s'en va. En tout cas, elle parle aussi.

Dans le parc, juste à côté du Château, ils ont construit une petite maison en bois. Elle ressemble à la maison du calendrier qu'il y avait dans la cuisine chez papa et maman. Chloé m'a expliqué que cette maison servira à accueillir de temps en temps la famille d'un résident quand elle voudra lui rendre visite. Les résidents sont ceux qui habitent au Château. Je suis, moi aussi une résidente. Elle m'a dit aussi que papa et maman seront les premiers parents qui viendront bientôt dans cette petite maison. En somme, c'est comme s'ils venaient habiter quelques jours chez moi. Je ne m'attendais pas à ça. Je ne sais pas ce que je vais faire...

Au téléphone ce matin, maman m'a annoncé une surprise : Ils viendront me voir à la fin de la semaine. Ils arriveront le vendredi soir, et ils repartiront dimanche après midi. Chloé me l'avait bien dit. Ils vont habiter dans la petite maison. Elle me propose d'aller voir comment elle est, cette maison, et elle me prend la main. Je ne suis pas tranquille.

Il y a d'abord une terrasse abritée avec une table et des fauteuils en bois. Elle pousse la porte et nous entrons dans une pièce avec la cuisine dans un coin, la table et les chaises dans un autre coin et deux fauteuils et un canapé au fond. Tout est bien rangé, comme à l'hôtel où j'étais allée, il y a quelques années, avec papa et maman. Il y a une porte pour la salle de bain, une porte pour une grande chambre et encore une porte pour une petite chambre. Mais alors, il va falloir que je dorme là, moi aussi ! Bam ! Je donne un coup de pied dans la porte, et je retourne au Château sans m'occuper de Chloé.

Dans ma chambre, assise par terre dans le coin au fond, je chante et je balance ma tête. C'est l'heure du repas, mais je m'en fiche. Si quelqu'un vient me chercher, je griffe et je mords. Même Chloé. Surtout Chloé.

« Tu te souviens, hier nous avons visité le chalet. As-tu remarqué qu'il n'y a aucune décoration sur les murs, ni aucun bibelot ? »

C'est Chloé qui me parle. Pour la première fois elle me dit « tu », comme le Vieux Monsieur, et elle appelle la petite maison « le chalet ». Et elle continue :

« Pour bien recevoir tes parents, il faut que tu le décores une peu, ce chalet. Je ne sais pas, moi. Peut être un dessin ou une peinture que nous irons accrocher là bas, et quelque chose en terre, une sculpture, un vase. Et aussi un bouquet de fleurs que nous irons cueillir dans le parc ».

Finalement, je préfère quand Chloé me dit « tu ». C'est elle la grande personne, et elle me dit ce qu'il faut faire. C'est mieux comme ça.

Sur la table, une grande feuille de papier et des pots de peinture de toutes les couleurs avec des pinceaux. Chloé est assise à côté. Elle ne dit rien. Avec le doigt, je fais un grand rond rouge, et je le remplis de peinture rouge. J'étale le plus possible avec la main. Et puis je mets des points orange partout, dans le rond et autour. Avec la peinture noire, je fais des grands traits, très vite, dans tous les sens, et puis avec de la peinture blanche... « On dirait que tu as dessiné une explosion. Finalement, ce dessin te ressemble un peu » me dit Chloé. « Arrêtons là et laissons sécher la peinture. Ensuite nous la fixerons sur un carton et nous irons l'accrocher au mur. Tu verras, ce sera très bien ».

J'aurais mieux aimé continuer à mettre de la peinture partout. Mais c'est Chloé qui dit ce qu'il faut faire. Je regarde mes mains. Elles sont pleines de peinture. C'est plutôt joli. Je les essuie sur ma blouse, sur mon front, mes joues, mon nez... Ca y est. J'ai mis de la peinture partout. Et ça fait rire Chloé. C'est la première fois qu'elle rit avec moi.

Samedi soir

Hier, c'était compliqué. Papa et maman sont arrivés avec une petite valise et une boîte. Dans la boîte il y avait une paire de pantoufles. Un cadeau pour moi. J'ai rangé la boîte et les pantoufles dans mon placard. J'ai pris le gâteau roulé que j'avais fait l'après midi avec Chloé et nous sommes partis au chalet. Je marchais toute seule devant et ils me suivaient avec la valise en parlant avec Chloé. Je les entendais dire que je marchais de mieux en mieux. J'ai ouvert la porte du chalet et tout le monde est entré. « Comme c'est joli ici ! C'est toi qui a fait cette peinture ? Merci Cassandre de nous inviter chez toi ».

Vlam ! J'ai jeté le gâteau roulé par terre. Ce n'est pas chez moi ici. Chez moi, c'est dans ma chambre, au Château. Maman s'est dépêchée de ramasser les débris du gâteau, et elle a tout remis dans le plat en métal qu'elle a posé sur la table. Chloé a expliqué comment ça marche. La cuisine, la vaisselle... Dans le réfrigérateur, il y avait un repas pour trois qu'il suffisait de réchauffer. Et elle a disparu. Moi, j'étais au milieu de la pièce et je regardais la porte de cette chambre. Je ne pouvais pas bouger. Papa et maman s'affairaient autour.

« Pourquoi ont-ils installé une télé ? On n'est pas venu là pour voir la télé. On est venu pour te voir, Cassandre. Et cet endroit est très agréable. Je sens que nous allons être bien ici, ensemble ». La porte de ma chambre, juste en face de moi, était fermée. Je pensais à mes pantoufles là-bas. Mais impossible de faire un pas. J'étais comme une statue. Le gâteau en morceaux a encore volé dans la pièce. Maman a tout ramassé à nouveau.

« Je ne comprends pas ce que tu veux, Cassandre. Nous, on est très contents d'être ici avec toi. Et toi, on dirait que tu es en colère. Nous sommes venus te voir, et nous allons habiter ici, avec toi, pendant deux jours, faire des choses ensemble. C'est ce qui a été convenu et tu étais bien d'accord. Dis-nous ce qui ne va pas... Bon, maintenant, je vais préparer le repas et on va se mettre à table ».

Je n'ai rien mangé. J'ai juste fait plein de miettes de gâteau. Il y en avait partout. Et je me suis levée de table. Je suis partie directement chez moi, au Château, dans ma chambre. Dans le placard, il y avait mes pantoufles neuves qui m'attendaient. Je les ai mises. Mes pieds étaient bien dedans, au chaud.

Depuis hier soir, je n'ai pas quitté mes pantoufles, ni ma chambre. Papa et maman sont venus me voir souvent aujourd'hui. Ils voulaient que j'aille avec eux au chalet. Chez moi, c'est dans ma chambre.

Quand elle est là, c'est Chloé qui s'occupe de moi, et j'aime bien. Les autres jours, c'est quelqu'un. Souvent, ça change. Depuis le début de l'été, il y a une nouvelle. C'est une remplaçante. Elle s'appelle Leila. Qu'elle est belle et grande ! On dirait une statue comme celles qu'il y a dans le parc où papa et maman m'emmenaient jadis. Quand elle regarde, on voit plein d'étoiles dans ses yeux noirs. Et son petit nez frémit quand elle sourit. Ses cheveux bruns ondulent sur ses épaules. Souvent, elle vient près de moi et je n'ai pas trop peur. Je ne sais pas pourquoi. On dirait qu'elle a confiance en moi. Un jour, elle me demande de l'accompagner pour aller dans le pré, donner du pain aux chevaux. Et j'y vais. Un autre jour, elle me propose de faire une tarte aux abricots. Je suis assise sur ma chaise, bien serrée et je range les fruits les uns contre les autres sur la pâte sans rien jeter par terre. Elle est tellement belle que je n'ai pas envie de la faire crier.

Aujourd'hui, Leila m'a proposé de ranger mes vêtements dans mon placard. Elle plie les lainages et les empile sur une étagère. Ma salopette de rechange est pliée à côté. Les culottes, les chaussettes, les chemisiers... En un quart d'heure, c'est fait. On entend Samson qui braille dans sa chambre derrière la cloison. Leila est debout près de moi. Pas trop près. Et elle me parle et me regarde avec son sourire tranquille. Depuis qu'elle vient au foyer, je vois que son ventre s'arrondit un peu plus chaque semaine. C'est certain, il y a un bébé là dedans. C'est peut être pour ça qu'elle est aussi resplendissante. Et ça m'énerve. Un bébé pour quoi faire ? Je regarde son ventre. C'est sûr, il a encore grossi depuis tout à l'heure. Peut être que ça bouge dedans. Comment peut-elle supporter ça ? Et en plus, elle a l'air contente. On dirait qu'elle est heureuse. Tout est crispé maintenant dans mon corps. J'ai envie de crier. Samson braille toujours à côté. Ne t'approche pas Leila ! Mon pied va partir. Et voilà, trop tard. Tiens, prends ça dans ton sale ventre !

Le Château

Dans le couloir, dans la chambre, le salon, la salle à manger, il y a toujours quelqu'un pas loin. Je préfère quand il n'y a personne. Au Château, c'est presque impossible. Alors, tout le temps, j'essaye de m'en aller. Du couloir vers ma chambre, de ma chambre vers la cuisine, ou ailleurs. Ils voulaient que je marche toute seule, que je ne reste pas tout le temps attachée dans ma poussette. Et bien je marche. Je n'ai plus peur d'avancer, d'entrer dans une pièce comme ça, sans savoir s'il y a quelqu'un. Bien sûr, je regarde partout. Je surveille, j'écoute si ça parle. Les quelqu'uns parlent tout le temps quand ils sont ensemble. Hier, je suis allée pour la première fois toute seule dans le parc. Dehors il n'y avait personne, que Black. Le gros chien blanc du Château, presque aussi gros que moi, qui fait peur à Samson et à beaucoup d'autres. Moi je n'ai pas peur. Il ne va pas me parler, jamais. Alors ça va. Black était couché au soleil. Il n'a même pas bougé quand je suis passée près de lui. Au fond du parc les trois poneys dans leur enclos me surveillaient. J'aime bien aussi les poneys, mais ils sont trop loin et j'ai peur de faire tout ce chemin, même toute seule. Alors j'ai marché un peu dans l'herbe devant le foyer. Par la fenêtre, Chloé m'a vue. Je ne sais pas pourquoi, elle avait l'air contente. Elle m'a fait de grands signes. J'ai pensé : pourvu qu'elle ne vienne pas me rejoindre.

L'heure du repas approchait. Je suis rentrée. J'aime bien être attachée la première à ma chaise. Dans le couloir, la porte du bureau était ouverte et il n'y avait personne. Pas normal ça. D'habitude, elle est toujours fermée et il y a quelqu'un dedans. Pour voir, je suis entrée. Il y avait plein de trucs en vrac partout. Des cahiers, des papiers, beaucoup de papiers, l'ordinateur allumé, des vêtements sur les chaises, des boîtes par terre, et même des chaussures dans un coin. Sur le bureau, étaient éparpillés des tasses à café, encore des papiers, la boîte de sucre, des stylos et aussi un paquet de cigarettes et un briquet. Un joli petit briquet rouge avec un dessin dessus. Il tenait bien dans ma main. J'ai appuyé sur le bouton, et, clic, une petite flamme bleue est apparue. Avant d'aller à la salle à manger, j'ai fait un détour dans ma chambre. J'ai glissé le briquet rouge sous ma couverture, et voilà ! J'étais prête pour aller manger. Sur le chemin dans le couloir, j'entendais encore ce petit bruit dans ma tête : clic, clic...

Le Château

Je ne sais pas ce qui se passe. Ils sont presque tous collés aux fenêtres et ils regardent au loin. Moi, je ne vois que le ciel. Je suis trop petite. Dans le ciel, il y a une grosse fumée noire qui s'élève. On a aussi entendu des bruits de pétards. C'est à ce moment que tout a changé au Château. Les quelqu'uns ont cessé de s'occuper de nous, de nous regarder, de nous parler. Ils n'avaient d'yeux que pour ce qui se passait dehors. C'était bien.

Assise dans le fauteuil un peu à l'écart, je les vois tous qui me tournent le dos. Maintenant, la nuit s'installe. Je devine par la fenêtre les lueurs d'un incendie ou quelque chose comme ça, avec des étincelles qui montent dans le ciel. Je sais que c'est un incendie parce qu'on a entendu la sirène des pompiers tout à l'heure. Et maintenant on voit les reflets de leurs lumières qui clignotent. Je connais tout ça. Plusieurs fois, je l'ai vu à la télévision qui est allumée tout le temps dans le salon. Il n'y a que des images parce que le son est coupé. Ils disent que ça fait trop de bruit. Le bruit, c'est Samson qui le fait, et moi aussi, et quelques autres. Pas tous en même temps. Quand Samson braille, j'écoute. Je n'ai pas envie de grogner ou de chanter. Et quand je chante, Samson, dans sa chambre à côté de la mienne, écoute. C'est important d'avoir quelque chose à écouter qui remplit bien la tête.

Tiens, voilà justement Samson qui passe dans le couloir derrière moi. Il va certainement dans sa chambre. On dirait que ce qui se passe dehors ne l'intéresse pas. Moi j'aime bien. Je les vois tous alignés derrière les fenêtres et personne ne me regarde. Au loin, le ciel est tout illuminé avec des étincelles. Et ça pétarade. Un peu comme un feu d'artifice. J'en ai vu un une fois avec papa et maman. Je me souviens que je n'ai pas aimé. Il y avait des quelqu'uns partout autour de moi. Là, c'est mieux.

Tiens, je vais aller moi aussi dans ma chambre. J'espère que mon briquet est toujours caché sous les couvertures. Clic, clic...

Il est bien là. Tous les matins avant le petit déjeuner, je le mets dans ma poche avec le mouchoir, et quand le ménage est fait dans ma chambre, je le cache à nouveau sous les couvertures. Clic. Et la petite flamme bleue apparait. C'est joli. Ce n'est pas la saison, mais ça ressemble à Noël. Il y a des illuminations partout, et j'ai un cadeau. Un beau briquet rouge qui fait clic, clic avec sa petite flamme bleue.

Gros vacarme chez Samson. Il a encore démoli son mur en carton. Pourquoi le Vieux Monsieur ne m'a-t-il pas confié à moi aussi un truc à démolir ? Il est vrai que, depuis que je suis au Château, je ne casse jamais rien. Sauf une assiette de temps en temps. Mais je ne le fais pas exprès. Souvent je crache, je mords, je tape. C'est parce qu'ils ne font pas attention avec moi. Tout le temps ils me regardent, ils me parlent, ils veulent me toucher la main pour dire bonjour. C'est l'horreur. Ils me mettent le feu. Tout explose dans mon corps. Il n'y a que Chloé qui a compris. Elle s'approche doucement et attend que je m'habitue. Surtout elle ne pose jamais de questions. Quand on me dit : « Bonjour Cassandre. Comment ça va ? », j'ai juste envie de répondre : « Dégage ! Vas mourir ! ». Après, je mords et ça va mieux. Ce n'est pas de ma faute, mais je n'ai jamais envie de casser des choses.

Tiens, chez Samson, ça recommence. Mais ce n'est pas le mur en carton. Un bruit de verre brisé. Il a sûrement cassé une fenêtre. Je me demande comment il a pu faire ça. Il faut être très fort pour casser une vitre. Et Samson n'est pas Superman. Comme il est joli mon briquet rouge ! Clic, la petite flamme. Et je le refais. Clic... Ils sont tous trop occupés à regarder dehors. Ils n'ont pas entendu le bruit dans la chambre de Samson. Personne ne vient voir. Ou alors ils s'en fichent.

Est-ce que je peux faire brûler un mouchoir en papier avec mon joli briquet rouge ? J'ai bien envie d'essayer. Clic. Super, ça marche ! Oui, mais ça brûle ! Voilà ! Maintenant, il ne reste plus que quelques cendres noires. Je n'entends plus rien chez Samson. Il s'est peut être endormi. Je crois que je vais aller voir...

Ouh là là ! Quel spectacle ! Le mur en carton est tout effondré et en vrac sur le sol. Samson est allongé sur le sol. Tout nu, comme papa quand il sort de la salle de bains. Il a un gros morceau de verre planté dans son ventre, et ça saigne. Il y a du sang tout autour de lui. Il me regarde sans rien dire. Je serre fort mon briquet dans ma main. Est-ce que les briques en carton peuvent brûler comme les mouchoirs en papier ? Clic. Clic. C'est plus difficile. Mais à la fin, ça marche. Soudain, tout s'embrase. Presque aussitôt les flammes montent jusqu'au plafond. Samson ne bouge pas. Peut être qu'il est mort. Il fait chaud. Partons...

Pourquoi n'a-t-il pas voulu me dire comment s'appelle le Vieux Monsieur ?

Clic, clic, clic...